Mary Shelley

A Very Short Introduction

メアリ・シェリー

『フランケンシュタイン』から〈共感の共同体〉へ

シャーロット・ゴードン 著
Charlotte Gordon

小川公代 訳
Ogawa Kimiyo

白水社

メアリ・シェリー——『フランケンシュタイン』から〈共感の共同体〉へ

MARY SHELLEY
A Very Short Introduction
by Charlotte Gordon

装幀＝藤井紗和

G・Wへ。親愛なる友人、勇敢な編集者へ。

目次

凡　例

一、本書は、Charlotte Gordon, *Mary Shelley: A Very Short Introduction*（Oxford: Oxford University Press, 2022）の全訳である。

一、訳文中の（　）、［　］、——は原著者によるものである。ただし、一部、原文から取り外して訳出した箇所がある。

一、原文中の引用符（クォーテーション）は「　」で括り、大文字で記された文字についても「　」で括った箇所がある。

一、原文中のイタリック体で記された箇所には、原則として傍点を付した。

一、訳者による補足および簡単な訳注は、すべて〔　〕で括って挿入した。また、説明注が必要と思われる箇所には＊〔1〕というかたちで通し番号を付し、巻末にまとめて掲載した。

一、原著で引用されている文献のうち既訳のあるものは、わかる範囲で書誌情報を併記した。また、訳出にあたっては可能なかぎり既訳を参照したが、訳文については必ずしもそれに拠らない。

一、原著の明らかな間違いや体裁の不統一については、訳者の判断で整理した箇所がある。

一、索引は原著に則って作成したが、一部、訳者のほうで整理した箇所がある。

謝辞

この原稿を完成させるために熟練した力を発揮し、助力してくれたガブリエル・ワトリング（博士）にお礼を申し上げます。また、本書を書き終えるまでサポートしてくださったエンディコット大学にも感謝しています。

第1章　遺　産

メアリ・シェリー――『フランケンシュタイン』の作者

これが、たいていの人がメアリ・シェリーについて知っていることのすべてである。それ以外で何か知っているとすれば、彼女がまだ一六歳の少女であったころに詩人のパーシー・シェリーと駆け落ちしたことかもしれない。

しかしメアリ・シェリーは、この小説の作者としての存在をはるかに超えている。また、パーシーを愛した年若い女性というだけの存在でもない。彼女はパーシーが他界してから三〇年生き続け、『フランケンシュタイン』のあと、八つの長篇小説、そして五〇以上の短篇やエッセイを出版している。彼女は一般読者のためにパーシーの小伝を書いたり、彼の詩や散文を編集・編纂したりして、彼の作品を紹介した。とりわけ彼女のデビュー作がほんの一九歳のときに出版されたことを考えると、ほとんどの人がこの作品についてしか知らないというのは、不思議なことである。作品すべてを見渡していえば、彼女は社会の変革や女性の自立を描くことに並々ならぬ力を注いでいた。文体についても、それまでの因習を打ち破り、彼女が表現したいと思っているテーマや着想を作品に取り込むため、一九世紀の文学的ジャンルを押し広げていった。彼女は、同時代が舞台の小説、歴史小説、それから私たちが今日直面しているような数々の厄災を、不気味なほど予知しているようなディストピア的近未来小説を出版した。それらの物語やエッセイは実験的で、洞察力があり、読者の心を引きつける。彼女の人生も、創造力と勇敢さという点において非凡であった。彼女独自のルールをつくり、成人後の人生のほとんどを文筆によって、自分自身の生活だけでなく、家族や友人をも支えた。婚外子をもうけることで、因習とも決別した。彼女は、ヨーロッパじゅうを旅し、中流階級の女性は妻や母親であらねばならない、名の知れた作家などは論外とされた時代に、自立した女性として生きた。

だが、忘却と誤解はメアリ・シェリーの物語にとっては要の部分である。彼女の死後、政治的な理由だけでなく、女性たちの、あるいは女性作家の歴史という観点からも、その評判に傷がつけられた。一世紀以上ものあいだ著名な夫によって彼女の存在が影に追いやられてしまった。ようやく最近になって、彼女の全集は研究されるに値すると評価されるようになった。メアリ・シェリーは多くの伝記物の主題となってきたが、残念なことに、彼女を敵視する人びとがその評判を地に落とそうとし、また彼女が愛した近親者も、大衆の餌食になると思われるような事実を隠そうとしたため、彼女の人生の物語に関するいくつもの虚偽がまかりとおってきた。いかなるメアリ・シェリー研究に従事していても、彼女の優れた文学的功績を研究対象とする際、そこにどれほどの伝記的要素が含まれるべきかという葛藤を孕む問題を表明しないわけにはいかない。このジレンマを容易に解消できる答えは用意されていないが、だからといって二者択一問題でないこともたしかだ。メアリ・シェリーの作品をそれぞれ独立したテクストとして読むことは重要だが、彼女の文学における、あるいは個人的な選択は、抽象的な世界でなされたわけではない。彼女が人生で選択したものの多くは両親、作者のメアリ・ウルストンクラフトとウィリアム・ゴドウィンの考え方にもとづいていた。彼女が成長してからは、パーシーとの関係が女性として、作家としての生を形づくっていった。メアリ・シェリーの生涯はクリエイティヴな冒険であった。彼女は人生の時間にその選択を刻んでいった。ちょうどノートに言葉を書き込んでいくように。それに倣い、本書では、彼女の人生経験がどのように作品に反映されたのか、伝記と作品を並べて吟味する。くわえて、彼女はメアリ・ゴドウィンとして生まれ育ったが、本書を通じてメアリ・シェリーと言及することにしたい。それは、彼女の夫をシェリー、メアリをその名前で言及するという、これまでの悪しき実践を正すためである。それは作者としての彼女の地位を損なうものであるからだ。

メアリ・シェリーが受け継いだもの

メアリ・シェリーの誕生日、つまり一七九七年八月三〇日は、始まりと終わり、すなわち一人の人生の黎明と別のもう一人の人生の幕引きとなる日である（図版1）。彼女が生まれたときは、あまりに脆弱で数日後には亡くなるだろうと予想されるくらいだった。その母親である政治思想家のメアリ・ウルストンクラフトは、『女性の権利の擁護』の著者であるが、遡ること三年前に丈夫な女の赤ん坊を出産していたこともあり、この乳児もなんとか生きのびるだろうと夫ウィリアム・ゴドウィンを安心させたのだった。そして、母親はこの子どもを強くすることに邁進し、新たに誕生した娘を嬉々として迎えた。不幸にも、悲劇が数日後に訪れた。ウルストンクラフトは産褥熱に罹り、ぶるぶる震え、汗をかきはじめた。娘は母親の手から離され、その後、ウルストンクラフトは他界した。出産日から一一日がたっていた。彼女の死は世間にとってだけでなく、一生母親を持つことができないこの小さな娘にとって誰よりも深い衝撃をともなうものであった。

ウルストンクラフトの死は、メアリ・シェリーの人生と彼女が作家になるまでの過程において決定的な役割を果たした。決して逢うことがかなわなかった母親をめぐる想念に取り憑かれて、彼女はウルストンクラフトの進歩主義的な信条を擁護することに注力した。そして、そのときどきで異なる文学的な戦略を用いながら、女性の権利や社会の改革を支持するために自身の作品の多くを割いた。メ

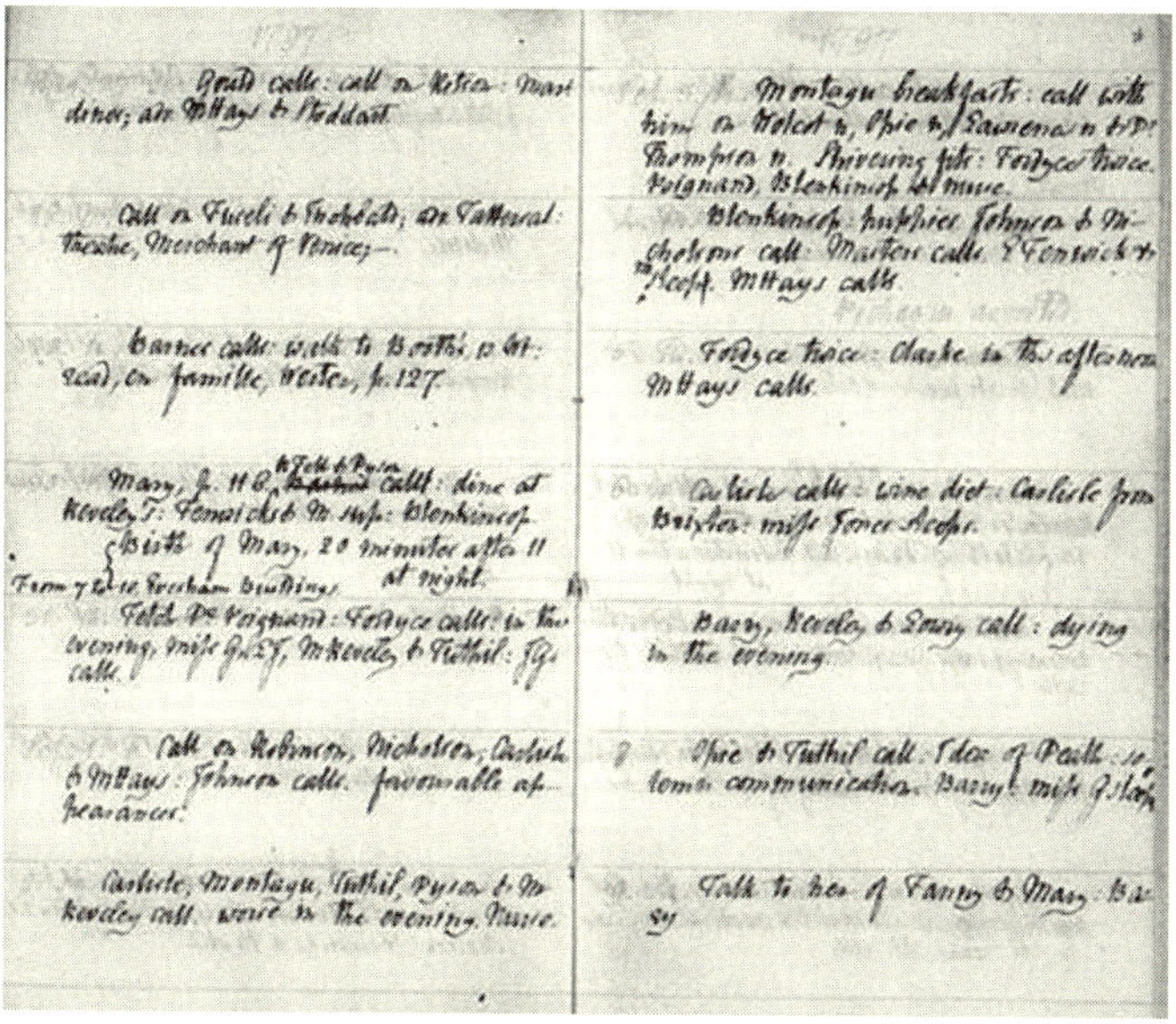

図版1　メアリ・シェリーの誕生について書いたウィリアム・ゴドウィンの日記の内容。「メアリの誕生。夜の11時20分」（ページ上から四つ目）

アリ・シェリーは、『フランケンシュタイン』では、女性たちがヴィクター・フランケンシュタインの野心に抗することができずに最悪の事態を招くという、ディストピアの世界を描いた。最後の第七作目の小説『フォークナー』では、女性登場人物は賢明で、有能で、実行力がある。彼女らは破壊的な衝動を捨て去るよう男性登場人物たちを説得し、家庭の平穏というユートピア的社会を創造している。ノンフィクションでは、女性たちの声を代弁して論陣を張った。一八二九年と一八四六年の間に刊行されたディオニシウス・ラードナーによる『キャビネット百科事典』*[1]は（『ブリタニカ百科事典』のようにアルファベット順ではなく）九つの「キャビネット」あるいは分野で構成されていたが、この百科事典に彼女が寄稿した著名な男性著述家についての伝記的な論説では、この男性たちの妻たち、姉妹たち、娘たち、母親たち、そして恋人たちを描写することで、彼らの人生に関わった女性たちにも必ず言及するようにした。また短編小説では、男性による暴虐や女性の受け身的な態度がもたらす危険性を描きながら、女性が担う役割の重要性を強調した。旅行記では、女性作家として、政治、芸術、教育、歴史に関して自分の意見を持つ権利を主張した。また、すべての作品において、次のような主張をはっきりと訴えた。もし女性がもっと自立することが許されたなら、世界でもっと力を有することができたなら、暴力性は弱められ、公平性は増し、不正義は減少するだろう。女性の権利を回復することは世界を少しでも良くすることにつながり、社会の改革は人類すべてに不可欠である。

メアリ・シェリーは実人生においても、若い女性の言動を制限するような諸々の因習を公然と無視し、そうすることで自分に自立する権利があることを表明した。つまり彼女は、これらの信条を実践したのだ。また、彼女は女性の友人たちが抑圧的な結婚生活から脱出できるよう手助けしたり、金銭的支援を必要とする女性たちにはできるだけの援助をしたりした。とはいえ、彼女は急進的な思想や型破りのふるまいをしていたにもかかわらず、また、ウルストンクラフトが掲げていた大義——女性の権利、社会的正義、そして教育的、政治的な改革——を実現させることに人生を捧げたにもかかわらず、死後一世紀たってなお、研究者たちは彼女のことを臆病で、保守的で、偽善者であるというのだ。これは、ある程度は彼女の義理の娘、ジェイン・シェリーのせいでもあった。彼女は義理の母親であるメアリ・シェリーの手紙を燃やしたり、彼女の日記を破り捨てたりして、外聞の悪い過去を秘匿することによって、保守的なヴィクトリア朝時代の人びとにできるかぎり受け入れられるよう工夫した。死亡記事を書く人たちもこの例に倣い、メアリ・シェリーをヴィクトリア朝時代の理想的な妻として描写し、彼女の文学的な功績を矮小化した。『ザ・リテラリー・ガゼット』に掲載されたメアリ・シェリーの訃報記事によれば、「私たちの愛情を勝ち得てきた彼女のもっとも永続的で、慕われてきた敬称は、パーシー・ビッシュ・シェリーの献身的な妻としてであり、フランケンシュタインの作者としてでさえない」。

彼女がこのような評価をされるという不条理は、これより三七年以前に未婚のままパーシーと駆け落ちして、妊娠したメアリ・シェリーにも十分理解できただろう。メアリ・シェリーがもしこの記事を読んでいたなら、おそらくもっとも心を痛めたのは彼女の文学作品がほとんど評価されなかったことだろう。とりわけ、『フランケンシュタイン』のあとに出版された五つの小説や、短編小説、旅行記、エッセイ、それから数多くの論評などが言及されなかったことに失望したのではないだろうか。しかし、ヴィクトリア朝時代の読者にとっては、女性が良妻といわれること以上に称賛に価する言葉はなかった。メアリ・シェリーの文学的功績が消し去られることや「妻」としての役割を尊いものとして崇めることは、義理の娘にとっては偉業なのであった。彼女の宿敵たちは、この事実誤認に飛びついたが、これによる後世への影響は深刻であった。なぜならメアリ・シェリーの大胆で、革新的な作家として名声が歴史にほとんど埋没してしまったからだ。

メアリ・シェリーの批判的吟味

メアリ・シェリーは、いかに彼女自身がこの問題含みの評価を形成するのに貢献してしまったかに、気づかなかったかもしれない。パーシーが二九歳で夭逝してから、彼の詩人としての名声を築き上げることに邁進し、彼女自身が彼の草稿を編集するきわめて重要な役割を果たしたことには言及せず、自分をその評価の対象から外してしまったのだ。彼のそれらの草稿は、ひどく無秩序のまま残されていたため、あちこちの紙片、あるいは手紙や物語の原稿の裏に走り書きしたものを再構成しなければならず、それは超人的な仕事であったといえる。彼女が記したパーシーの伝記的な概要においては、彼を無私の芸術家、文学の大義のために殉死した人間と評し、彼女自身は彼に心酔する信徒であると書いた。そして、二人で読んだ本をめぐる議論や、彼の詩作を評する者、および作品を生み出す者としての役割については一切触れなかった。彼女は彼の無神論についても沈黙を守り、彼の政治運動を匂わせる程度であった。いずれも、ヴィクトリア朝時代の読者にとって衝撃的なことであり、いつでもパーシーの詩作品の出版を妨害することができる立場にいる、パーシーの保守的な父親を敵に回すことになっただろう。彼女がパーシーの作品集（一八三九年）の序文に読者に向けて説明したように、大事なのはパーシーの詩であり、詩人の「気高い性質」であった。のちにさほど保守的でない時代が到来すれば、すべての真実が語られるだろうとほのめかしていた。彼女のこれらの努力は功を奏したが、予期せぬ事態を招きもした。彼女が生活を共にした生身のパーシーとは似ても似つかない、天使のような超俗的な詩人「パーシー・シェリー」という文学的な人格を生み出しただけでなく、無私で献身的な妻という、もうひとりの「メアリ・シェリー」という人格も創造したのだった。「パーシー・シェリー」の名前とともに「メアリ・シェリー」の知名度も上がったが、その結果、彼女は、一八三〇年には『ジ・アシーニウム』という文学雑誌で、彼女が生きた時代のもっとも優れた女性著述家として選ばれたにもかかわらず、自分の力で勝ち取った作家としてではなく、主にパーシーの妻として知られるようになった。

メアリ・シェリーが亡くなったとき、彼女の友人や敵対者は、彼女が本当はどんな人物だったのかをめぐって争った。彼女の義理の娘がヴィクトリア朝時代の堅苦しい読者に受け入れやすくしようと注力した結果、事態は悪化した。一年にも満たないほどしかパーシーを知らなかった、冒険家で作家のエドワード・トレローニーが、パーシー・シェリーの人生において中心的な役割を果たした人物として自分を脚色するために、メアリ・シェリーの重要性を低く見積もったのだった。トレローニーが語る出来事においては、彼こそがパーシーの人生について書く資格のある人間であり、メアリ・シェリーは偽善者で、お高くとまった、到底パーシーに愛されるにはふさわしくない人物だった。

残念なことに、二〇世紀の文芸批評家の多くはトレローニーが書いた伝記を真実であると信じ、それに追随した。他方で、メアリの急進的な思想や、作家として生み出した革新的な作品、そして彼女の社会改革への献身は無視されてしまった。当然ながら、例外となる批評家たちもいた。ミュリエル・スパークは一九五一年に刊行した画期的な伝記において、メアリ・シェリーが作家として備えている高い教養や、彼女の叛逆的な性質に注目しながら再評価した。それでも、スパークに賛同する者はいなかった。歴史上実在した女性たちの作品に新たな関心が持たれるようになった一九七〇年代になっても、多くの研究者たちはトレローニーの虚言を繰り返したのである。不運にも一九七四年には、パーシー・シェリーの伝記を書いたリチャード・ホームズが、メアリはパーシーと比べれば文学的に輝きの少ない作家であり、彼にはふさわしくない妻であったと主張した（ホームズはのちに、この立場について謝罪している）。研究者のベティ・T・ベネットは、メアリ・シェリーの書簡集の第一巻目を出版したとき、ある評者が「メアリ・シェリーの手紙は出版する価値がないと伝えていた」と書いた。メアリ・シェリーの文学的成功に関心を向けた批評家たちでさえ、彼女のほかの作品を切り捨てて、『フランケンシュタイン』を大々的に取り上げた。一九七〇年代から一九八〇年代にかけてフェミニストの研究者たちも、メアリ・シェリーの作品が時とともに保守化していったと考え、彼女の公的領域からの撤退と自分たちがそう思い込んだ事実に対して失望を表明した。

しかし、過去三〇年間でこのような批評の潮流は激変した。最近の伝記作家や文学研究者たちは、メアリ・シェリーが歴史的に黙殺されてきたことに気後れせず、自らの研究人生を彼女の著作を分析することに捧げ、比較的知られていない彼女の作品や、短編、旅行記や伝記的な論考にみられる革新性を明らかにした。伝記作家たちは膨大な資料《アーカイヴズ》を丹念に渉猟することによって、メアリ・シェリーのプロの書き手としての自己管理能力、小説家としての独創性、急進運動への献身、そして政治思想家としての真摯な態度を浮かび上がらせるような新しい文献を発見した。

その結果、作家、また社会改革の擁護者としてのメアリ・シェリーの重要性は確固たるものとなった。いくつもの学会が彼女の作品と人生を研究することに注力してきた。とはいえ、メアリ・シェリーの物語はひとつの教訓となるだろう。見ようと思えば彼女の信条はいつだって見えていたにもかかわらず、その真の彼女は記録から抹消されかけていたのだから。彼女は作品のなかで繰り返し母の思想に賛同していると告げ、女性どうしの友情や女性の自立、教育の優先性、そして抑制のきかない男性の野心によってもたらされる害悪を強調していた。また、女性の経験について丹念に描き、重要視することに専念したことで、文学的な慣習を覆し、それが歴史小説やゴシック小説の射程を広げることにも、そして、さまざまな文学的戦略や表現方法を用いる実験的な試みにもつながった。近年の伝記作家たちは、メアリ・シェリーが女性の自立を勝ち取るために、彼女が持っていた力のすべてを出し切ったことを証明してきた。たとえば、彼女は暴力的な父や夫のもとから友人が逃げ出せるよう手助けし、困窮した女性にはお金も渡していた。彼女は自身の日記で次のように書いている。「私はいついかなるときも抑圧されている女性を保護してきた」。

メアリ・シェリーは、母が掲げた理想への献身を世間から隠したことは人生でいちどもなかった。むしろ、彼女は常に人生においてどれほど母の存在が大きかったかを強調し、彼女への尊敬の気持ちを表明していた。友人であるフランシス・ライトに宛てた手紙で、彼女はこのように書いている。

お母さまの記憶はいつでも私の人生の誇りであり、喜びです。しかも、その記憶はほかのかたがたにとっても称賛の対象です。そしてそれは私の……幸福の源泉となっています。彼女の魂の偉大さを思うと、私を生み出した両親のその魂から極力退化しないようにしなければならないという気持ちを新たにします。

一八三一年に刊行された父ウィリアム・ゴドウィンの小説『ケイレブ・ウィリアムズ』の新版に付された序文で、メアリ・シェリーは次のように宣言している。

この著名な女性が残した作品は、彼女の卓越した品行と知性が刻まれた最たる例である。彼女の高貴な精神と女性の権利獲得への積極的な姿勢は、『女性の権利の擁護』に精彩を加えている。……その不屈の精神で他者を助ける努力、公正さ、独立心は、もともと備えている温かい愛情深い心、そしてかぎりなく洗練された優しい物腰と結びつき、それによって彼女を知るすべての人に愛されたのです。

それでもなお、メアリ・シェリーが公に発表している言葉や、文学におけるその革新的な試みの奥深さや広がりにもかかわらず、また小説でも女性の権利を擁護していたにもかかわらず、最近までほとんどの読者は、ウルストンクラフトが彼女の娘に与えた影響の大きさを把握しきれていなかったのである。このような見過ごしはメアリ・シェリーの人生や作品に関する誤解から生じ、またそれと同時に、彼女の人生や作品に関するさらなる誤解を生み出すことにもつながった。メアリ・シェリーを保守的である、あるいは、もっと酷い場合には偽善的であると評価した批評家らは、母と娘を対極に位置する存在として捉えていた。ウルストンクラフトは社会改革者、メアリ・シェリーは社会的規範に屈した者として、である。このようなメアリ・シェリーの描き方は、母と娘が異なる文学的技法を用いていたことにも端を発している。メアリ・シェリーは、自身の革新的な考えを作品内のさまざまな登場人物の発言や行動によって表明したが、ウルストンクラフトは、自分の考えを論稿などではっきりと述べた。ウルストンクラフトの書き方というのは、小説のなかでさえ彼女の論点を読者が理解できるように語気を強くしていたり、論争的であったりした。他方、メアリ・シェリーの創作は、対照的な視点が競合する多面性を孕んでいた。伝記作家たちの多くも、ウルストンクラフトが娘を出産したあとすぐに他界したことから、娘の作品への影響は限定的であったとして、母親からの影響を過小評価することに加担してきた。また、伝記作家たちはウルストンクラフトがより急進的な時代を生きていた事実を取り上げている。たとえば、アメリカ独立戦争が勃発したときに一六歳だったウルストンクラフトは、啓蒙思想の進歩的な時代を生きて活動し、初期のロマン主義文学の構想を作り上げるのを助けたが、メアリ・シェリーはロマン派時代に生を受けたものの、一九世紀半ばのより抑圧的な時代に人生の終末を迎えることになった、などである。

しかし、ウルストンクラフトの遺産《レガシー》を理解するには、彼女の娘を理解することが重要となるだろう。

というのも、メアリ・シェリーは著述家としての長いキャリアにおいて母親の急進思想の理念にしたがって生き、また、それによって実人生においても母親の夢を実現しようとしたからだ。メアリ・シェリーは、母親より保守的な書き手であるどころか、年を経るにつれてしだいに急進的になり、男性に過剰に権力が与えられ、女性には与えられないことがどれほどの弊害を生むか訴え続けた。晩年の小説では、批評家アン・メローが言うところの「平等主義のブルジョワ家族」、また別の批評家の言うところの「ユートピア的な家庭生活」を創成するだけの力を持つ、女性登場人物が描かれている。彼女たちは、戦争、名誉、個人的な野心といった伝統的な男性の価値観に打ち勝つ女性登場人物である。

メアリ・ウルストンクラフト

現代において、メアリ・ウルストンクラフトは『女性の権利の擁護』で女性の権利を訴えたことで知られているが、実は『人間の権利の擁護』という著作も刊行していた。それは、法的、経済的、社会的、宗教的、そして政治的なあらゆるかたちでおこなわれる暴虐に向けられる激しい攻撃であった。メアリ・ウルストンクラフト（図版2）は、積極的に変革を訴える論客であり、すべての人間を抑圧する不公平な法律や偏見を糾弾した。彼女は一八世紀末に起こったフランスとハイチでの革命だけでなく、奴隷廃止運動や社会改革を支持した。彼女はすべての作品において、「人間の諸権利」と彼女

図版2　メアリ・ウルストンクラフト，ジョン・オピー作（1797年）

が呼んだもののために闘った。それは、労働者階級の人びと、子ども、女性、アメリカ先住民、奴隷化された人びとの搾取の根絶に尽力することであった。

敵対者には憎まれるものの、支持者には尊敬されていたウルストンクラフトは、個人が自由を手に入れるための最善の方法は教育改革を推進することであると信じた。彼女は女性を含め、あらゆる人びとが自分の人生を自由に方向づける資格があると主張したが、それは、女性が自分で思考することなどできないと説教じみたことを言う人間にはまったく新しい考え方だった。これらの知識人らは、もし女性があまりに自由を謳歌しすぎれば、社会の「当然の」秩序が乱されると考えた。女性は男性よりも弱く、より小さな脳しかなく、簡単に間違った考えを持ってしまう。すなわち、彼女らは男性の保護を受けられる家庭でしっかり管理されなければならないというわけだ。そうやって、上流階級、そして労働者階級の女性たちは日常的に虐待や暴力の対象となったが、ウルストンクラフトはそのことに憤慨し、そのさまを最後の未完小説である『女性の虐待、あるいはマライア』〔邦訳は『女性の虐待あるいはマライア』〕で描き出した。この小説において、ジェマイマというメイドは雇用主によって受けたレイプ被害や虐待の詳細を語っている。

ウルストンクラフトはジェマイマ自身の声で物語を語らせているが、これはイギリスの小説において、労働者階級の女性が中心的な役割を担う初めての試みといえる。ジェマイマは中流階級の若妻であるマライアに語っているのだが、後者もまた暴君的な夫に精神病院に入れられ、子どもを彼の法的な「所有物」として奪われたという自身の悲しい物語を語っている。マライアは、「世界は巨大な監獄で、女性はみな奴隷として生まれたのではないか」と問いかけている。

この二人の女性の声に説得力を持たせることによって、ウルストンクラフトはすべての女性は虐待を受けやすいという点を強調した。労働者や貧困層の女性たちは雇用主の虐待の犠牲者となった。とはいえ、富が女性の身を守ってくれるわけでもない。中流階級の女性たちは、父親から愛しているわけでもない夫に金銭取引として「売られた」のである。結婚後は、自分たちの権利をすべて夫に譲渡しなければならない。〔夫による妻の〕庇護法《コヴァーチャー》というイギリスの制度においては、夫は妻の法的、経済的、宗教的、政治的なアイデンティティを引き受けていた。それによって妻は、財産を所有したり、選挙で投票したり、法制度において有権者を代表したり、自分で選んだ教会に出席したりすることが許されていなかった。子どもたちは父親が所有するものと考えられた。既婚女性たちは、既婚女性財産法が成立した一八七〇年まで所有権を獲得できず、選挙権は一九二八年になってようやく得られた。一八世紀のイングランドの人びとにとって、女性が諸権利を獲得することは動物が権利を持つのと同じくらい道理に反したことであった。実際、動物は女性よりも早く法的保護を得ている。（一八二四年、つまり女性への暴力を禁止はしなかったが制限する法律が初めて成立する二〇年前に、動物虐待を禁止する法律が制定された。）

ウルストンクラフトは、この制度を根底から覆そうとする意志があることを隠さなかった。彼女は、女性たちのためだけでなく、人類すべてのために、彼女らに自立した人生を歩んでほしいと考えていた。『女性の権利の擁護』においては、女性たちに自由が与えられたなら、男性の生活も改善すると論じた。しかし、このような提言は保守派にとって冒瀆であり、ウルストンクラフトは社会にとって脅威であると訴えたのだ。保守派の知識人たちは、もし若い女性が彼女の著書を読んでしまったら、その思想によって悪影響を受けると信じ、ホレス・ウォルポールにいたっては、彼女を「ペチコートをはいたハイエナ」や「娼婦」と呼んで公の報復を繰り広げた。彼らの喧伝があまりにも効果を発揮したため、影響力を持つ『反ジャコバン評論』という新聞の索引に入っている「売春」には、「メアリ・ウルストンクラフトを参照」と書かれている。このような攻撃にもかかわらず、ウルストンクラフトは正義のために論陣を張り続け、著書、論文、翻訳、評論などを発表した。彼女は文筆で生計を立てた最初のイギリス女性である。

メアリ・ウルストンクラフトとウィリアム・ゴドウィン

同じく社会改革の擁護者であり、のちに夫となる作家のウィリアム・ゴドウィンも、ウルストンクラフトの急進思想への傾倒を支持した。そして、すべての人間に自由の権利が与えられるべきであるという信念によって結ばれたウルストンクラフトとゴドウィンは、強力な連帯を築き、一丸となって、変革のために闘った。ゴドウィンの不朽の著作『政治的正義と一般的美徳と幸福へのその影響に関する一考察』（一七九三年）〔邦訳は『政治的正義』〕において、彼は不正に満ちた政府だけでなく、すべての政府が個人の持つ自然権を侵害していると訴えた。また、今日、無政府主義《アナキズム》の父として知られる彼は、人間であれば自分のことは自分で管理することが許されるべきであるとし、政府は実質、市民の自由を制限していると主張した。彼は人間が自分を救えるとすれば、それは理性によってであり、理性によってのみであると主張した。このような抑制的な立場は、ほどんどの読者の心に響かなかった。彼らにとって『政治的正義』が与えた大きな衝撃効果こそが、ゴドウィンを革命の象徴へと変貌させたのだった。あらゆる種類の急進主義者たちが彼を英雄として信奉した。そして二〇年後には、若き詩人パーシー・シェリーもそのひとりとなったのである。

ゴドウィンとウルストンクラフトは互いに愛し合っていたが、結婚することには抵抗し続けた。二人とも婚姻制度は女性を低い地位に貶めるものとみなし、事実、その考えは正しかった。庇護法においては、妻の権利が制限されるだけでなく、いかなる女性であろうとも、虐待する父親、夫、兄や弟からでさえ、逃げることは違法とみなされた。また、妻が離婚を申し立てることもできなかった。男性は妻の行動に責任をもち、妻が庇護者にしたがわなくなったときには、彼女を「しつける」ことが義務づけられた。夫が自分の意志を実行に移すことができなくなり、妻が手に負えなくなった場合は、彼は世間から見限られるばかりか、その男らしさが問われることになる。夫は法的な異議申し立ての矢面に立たされることさえあるだろう。たとえ残酷な夫から逃れようとした一握りの女性たちがいたとしても、彼女たちは無法者とみなされた。なぜなら、ウルストンクラフトが『女性の虐待、あるいはマライア』で描いたように、男性は妻を追いかけて投獄、もしくは施設に収容する法的権利をもっていたからだ。

一年間ほど二人の関係は密かに続いていたが、一七九七年にウルストンクラフトが妊娠していると わかってから、彼らは葛藤を抱えることになった。婚外子を産んだ女性たちは社会的に排斥されるという懲罰を受けるからだ。ウルストンクラフトは、すでにこの状況に直面したことがあった。フランス革命のさなか、その劇的な出来事を報道するためにパリに移住していたのだが、彼女はそこでアメリカ人のギルバート・イムレイという人物と恋に落ちた。

表面上はウルストンクラフトの政治哲学を嬉々として受け入れ、アメリカ人によくみられる開放的な態度で接するイムレイに夢中になり、だからこそ彼女は二人の関係が信頼、忠誠心、平等によって支えられていると信じてしまった。その平等主義の原則にしたがって共に人生を歩んでいけるだろうとウルストンクラフトは思っていたが、妊娠して、娘のファニーが生まれてから二、三カ月後に、イムレイは彼女のもとを去った。幻滅し、絶望した彼女は、自分ひとりで生きていかなければならないことを悟った。彼女は生計を立てていくために、既婚者のふりをしなければならなかった。そうでなければ、彼女自身とファニーは世間から追放されてしまい、本や論文を発表することができなくなる。未婚の母は革命期のフランスはさておき、彼女の出版社のあるイングランドにおいて受け入れられるはずもなかった。

一七九七年、ウルストンクラフトとゴドウィンは同じジレンマに直面したが、それはファニーの存在によってさらに複雑になった。もし二人が結婚すれば、イムレイと結婚していなかったこと、そしてファニーが婚外子であることが世間に明らかになってしまう。逆に、結婚しなければ、新しく生まれてくる子どもがスティグマ化されてしまう。いずれにせよ、ウルストンクラフトの名声も、いずれかの子どもの名声も失墜する。こうして二人は十分に話し合ったすえ、これから生まれてくる子どものために三歳のファニーがその代償を払うことになった。そしてこの事実は、若きメアリ・シェリーの生涯に影を落とすことになる。

慣習に屈したとはいえ、ゴドウィンとウルストンクラフトは、一八世紀の典型的な婚姻制度が課す制約に抵抗し続けた。ウルストンクラフトは、普通の妻になることを拒んだ。ゴドウィンに宛てた手紙のなかで、「私が思うに、私の時間は、仕事に従事することに慣れたほかの人たちの時間と同じ価値があるのです」と、彼女ははっきり書いている。また彼女は、大家とのやりとりや配管工事、あるいは「小売り商人との面倒な取引」を任せっきりにするゴドウィンに対して不満を言った。ゴドウィンはその要求に対して、ウルストンクラフトが執筆できるように家事責任の一部を担おうとした。これはつまり、ウルストンクラフトは、当時では考えられなかった譲歩を引き出したことになる。そのお返しに、彼女は自分の収入を家庭の生活費に充てた。中産階級の男性が一家の大黒柱であるべきだ、とされていた時代に、このような革新的なおこないもあったのだ。彼女ら夫婦は先駆者だった。というのは、二人以外に同じような方法をとっていた夫婦はいなかったからだ。それから一三〇年後、ヴァージニア・ウルフは、夫レナードとの関係をなんとか機能させようとした際に、彼らの婚姻関係から大いに触発された。ウルフにとってウルストンクラフトの結婚はもっとも革新的な行為、そして「もっとも実りある実験」だった。

父親としての役割

ウルストンクラフトが他界したあと、ゴドウィンは突如として、父子家庭におけるメアリとファニーの親の役割を担うことになってしまった。ファニーは一七九七年の初めに養女にしたばかりだった。ゴドウィンは二人の娘を愛し、とくに自分の娘に愛情を注いだものの、自由思想の偉大なる擁護者である彼は、彼女たちには厳しく接し、ときに暴君のようになることもあった。公には個人の権利を奨励していたにもかかわらず、娘たちにいかなるニーズがあったとしても規則で縛りつけ、毎日同じスケジュールを遂行することを強いた。ゴドウィンは娘たちが執筆の邪魔をすることを禁じ、自分の仕事がなによりも優先されるべきものであることを明確に示した。とはいえ、彼はメアリ・シェリーの知性を誇りに思い、自分の書斎で幅広い読書をすることを許した。そして、アメリカから亡命したアーロン・バーをはじめとする多くの著名な友人たちに彼女を紹介し、エッセイや物語を書くよう勧めた。しかし、他方で、彼は彼女のもっとも厳しい批評家にもなった。メアリは作家人生を歩むなかで、自身の原稿をゴドウィンに送り、講評や助言を求めていた。だが彼は容赦ない編集者であった。彼女の二作目の小説『マチルダ』を出版させないようにし、くわえて、作品の弱点を遠慮なく指摘した。それだけでなく、躊躇なく娘の私生活に干渉したのである（子ども一人を死に奪われ、悲しみに暮れていた娘に対してゴドウィンは、明るくふるまうよう促し、そうでなければパーシーが去ってしまうぞ、と厳しい手紙を書いた）。

メアリ・シェリーの実人生において父親がいかに重要であったかを考えれば、彼女が自身の著作のなかで父親の役割について書いていたことは驚くにあたらない。彼女は、このような父親をめぐる思索と女性の権利を擁護する考えとを結びつけた。そしてそれは、とりわけ母親が不在であるか、他界しているか、あるいは弱い存在であるときに、その虐待する父親たちによって娘に悪影響が及ぼされることを描くことを意味していた。さらには、怠慢な父親、愚かな父親、または父親自身が不在であるという問題にも焦点をあてた。彼女の描く架空の父親にはみな欠点があり、なかにはまさに慄然とするような父親もいた。のちに、メアリ・シェリーは、父親が自分を愛してくれていても愛情深く接することがほとんどなく、いつも距離を感じていたと語っている。ゴドウィンと自身の関係性をもとにした父と娘の架空の人物像について、彼女はこう書いている。

［父は］私を優しく抱き寄せることはいちどもなかった。私の頭を撫でたり、自分の膝上に乗せたりすることがあったときには、なんだか驚きと喜びが入り混じったような、名状し難い感情を抱いたものだ。おかしな話だが、父は私のことをほぼ崇拝するように愛していた。たとえ父が感情を表さない人であり、私のほうにもその父に対する畏怖の気持ちがあったとしても、私はその愛に気づいていたので、こちらからも熱烈な愛情で応えた。

親としての問題を抱えながらも、ゴドウィンは母親の輝かしい遺産を娘が確実に受け継げるよう努めた。彼が書斎に飾っていた彼女の肖像画から棚に並べられた本にいたるまで、ウルストンクラフトを想起させる物があちこちにあった。そこには、ウルストンクラフトが長女ファニーのために作った手描きの絵本さえあったのだ。

またゴドウィンは、二人の娘にウルストンクラフトについて繰り返し話し、幼いメアリには母の墓石に刻まれた文字をなぞりながら読むように教えた（図版3）。

メアリ・シェリーは、成長する過程で母ウルストンクラフトが書いたすべての本と、他界した妻について、亡くなってすぐゴドウィンが書いたウルストンクラフトの伝記『「女性の権利の擁護」の著者の思い出』〔邦訳は『メアリ・ウルストンクラーフトの思い出』〕を何度も読み返した。ゴドウィンの『思い出』には事実誤認が多く、当時の読者はショックを受けた。そこには、彼女とイムレイの恋愛事情や婚外子ファニーの出産などを含む彼女の性生活が、包み隠さず描かれていたのだ。また、いちども事実の裏づけがなされたことのなかった、彼女の複数の性的関係をめぐる噂も繰り返し語られていた。そうだとしても、メアリ・シェリーにとってこの回顧録は希望の光、すなわち一九世紀ロンドンの息苦しい世界から抜け出すための道であったのだ。幼いころからウルストンクラフトの思想に浸っていた彼女は、母のようになろうと熱心に努力を続け、それが成長するための基盤となった。彼女は、社会が女性の自立を認めればすべての人びとの生活が向上する、というウルストンクラフトの信念から霊感を得て、その身を捧げる信者のようにその母の精神を継承し、次世代に伝えようとしたのである。

図版3 「母の墓の墓碑銘が私の入門書であり，また綴り字教本でもあり，私はそうして読むことを覚えたのだ」（『レスター夫人の学校』から，ウィリアム・ゴドウィンにより出版された）

第2章　ゴシックの叛逆

メアリ・シェリーが少女のころは、恐怖とロマンスが描かれるゴシックの物語がお気に入りであった。彼女は、アン・ラドクリフやマシュー・ルイスといった小説家による作品だけでなく、両親の小説も耽読した。というのも、二人とも仄暗く、スリリングな作品を書いていたからだ。ゴシックの作品は、亡霊、殺人、悪漢、廃墟、ホラー、陰鬱な設定、秘密、無垢な乙女、そして邪悪な暴君たちを含む暴力的で衝撃的なプロット――それは超自然現象によってもたらされる奇想天外な展開をともなう――で知られていた。若いヒロインたちは、しばしば迫害されたり、何らかの拷問によって苦しめられたりした。彼女たちは、持ち前の気力の強さによって、またあるときは、若い英雄的な青年に救出されて、生きのびることができた。孤独な少女にとって、フィクションと現実の境界線はしばしばあいまいになり、メアリ・シェリー自身が置かれた状況のせいでもあるが、彼女は自分のことを、悪漢に迫害され、不当に扱われるゴシックのヒロインとみなすようになった。ただし、彼女が対峙した暴君は邪悪な男性ではなく、義母のメアリ・ジェイン・クレアモントで、女性だった。メアリ・シェリーはパーシーに宛てて、「私はミセスG（メアリ・ジェイン・クレアモント）を嫌悪します」と書いている。

義母とメアリ・シェリーが出会ったのは彼女がまだ四歳のときであったが、この二人は出会ったそのときから死闘を繰り広げはじめた。彼女らの敵対関係は家じゅうの人を悩ませたが、実は、義母との対立こそがメアリ・シェリーを自立心ある女性へと成長させたのだった。自分を擁護してくれる人がいない家庭で年齢を重ねてゆき、メアリ・ジェインの妨害に遭いながらもどう主張すれば望むものが手に入るかを学んでいった。

メアリ・ジェインが現れる前はメアリ・シェリーがこの家族の人気者だったという事実によっても、後者の前者に対する嫌悪はさらに増すこととなった。訪問者たちは、ウルストンクラフトとゴドウィンの娘に会うために家に押し寄せた。はかなげな容姿、淡い肌、赤褐色の髪、大きな目、そして小さな口をもつこの幼い有名人を前にした崇拝者たちは、まさに評判どおりであると感じた。訪問者たちはみな、こんなにも聡明な子どもはこれまで出会ったことがないと伝えている。彼女の崇拝者のひとりは詩人サミュエル・テイラー・コウルリッジであったが、彼が二七歳、メアリ・シェリーが二歳の一七九九年冬に初めて出会ったのだった。ゴドウィン、そしてそれ以上にウルストンクラフトに心酔していたこの若き詩人は、ゴドウィンの娘たちのあまりの行儀の良さに驚かされた。コウルリッジは、彼の冷淡さが二人の少女の成長に悪影響を与えていると考え、友人であるゴドウィンに、彼女らも、コウルリッジ自身の三歳の息子のように、たとえて言うなら、「縄跳びをするようにそよ風の空気を使いながら」、鳥のごとく風に乗るよう生きられるようにしてあげなければ、と言った。後年、彼はゴドウィンの家に訪ねることがあれば、娘たちに会い、彼女らの子どもらしさを引き出すようにしていた。ファニーは恥ずかしがり屋で遠慮がちだったが、メアリ・シェリーは彼の話を聞くのが好きだったので、足元に座ってうっとりしていた。

父親がメアリ・ジェインと結婚したとき、一家の中心的な立場だったメアリ・シェリーはすぐに降格させられてしまった。なぜなら、ゴドウィンは新しい妻にすっかり心を奪われていたからだ。さらに悪いことに、メアリ・ジェインとの結婚によってチャールズとジェインという彼女の二人の連れ子が加わった。チャールズはファニーとほぼ同い年だったが、彼はほとんどいつも学校に行ったきりで、家族内で展開するドラマにはほとんど巻き込まれないですんだ。しかし、そこではたしかにさまざまなドラマが起きていたのだ。メアリ・シェリーは、自身を亡くなった母ウルストンクラフトのために戦う戦士とみなし、メアリ・ジェインがなすことすべてに憤りをおぼえた。それは、自分の子どもを特別扱いすることから亡き母の地位を「簒奪すること」にいたるまで、すべてである。メアリ・シェリーより六カ月年下で、義姉の彼女を尊敬していたジェインは、メアリ・シェリーの味方をした。心配症で控えめなファニーは異父妹と義母との対立をなんとか避けようとしたが、一方でジェインはその対立がもたらす高揚感に喜び、全力で煽っていった。そして、ゴドウィンの明らかな依怙贔屓によって事態はますます悪化した。彼はメアリ・シェリー以外の子どもたちには目もくれず、自分の娘だけに関心を持った。ジェインは嫉妬したが、のちにメアリ・シェリーが明らかにするように、ゴドウィンの高い期待値に応えるのは容易なことではなかった。彼女はしばしば父親を失望させてしまったと感じ、そして、自分を愛してくれたであろう母親を切望した。彼女のその夢想がメアリ・ジェイン嫌いに拍車をかけた。

メアリ・シェリーが、メアリ・ジェインに敵意を抱いていたことはたしかである。そうであっても、義母は決して悪漢ではなかった。メアリ・ジェインは義娘が気に触ることをしたし、自分の子どもを贔屓もしたが、彼女は商才に長けた女性であった。ゴドウィンは浪費家で知られていたけれど、彼女が一家が破産しないよう経済状況を支えていた。『スイスのロビンソン』*〔2〕をフランス語から翻訳したり、またゴドウィンとともに児童文学や教育書を専門に扱う出版社兼書店である児童図書館を立ち上げたり、メアリ・ジェインは教養人でもあったのだ。やがて彼女は、ロンドンでもっとも著名な女性出版業者となった。ゴドウィンが少しでも協力していれば、この義母娘のあいだに絆が生まれたかもしれないが、彼は自分の書斎にこもりきりで、二人の闘争には目もくれず、そしてメアリ・ジェインが家庭内の統治権を掌握することをすっかり許してしまった。義母との対立を深めれば深めるほど、メアリ・シェリーはウルストンクラフトの存在を強く求め、彼女のことを完璧な慈愛に満ちた母として想い描いた。

メアリ・シェリーが八歳のとき、シェリーと義母とのあいだにある有名な衝突が起こった。コウルリッジが一家を訪れ、夕食後に彼の新作の詩のうちのひとつ『老水夫の歌』を朗読すると言った。以前からいつも、ゴドウィンは娘たちに夜更かしを許し、コウルリッジが物語や詩を朗読するのを聞かせていたが、その日の晩にかぎっては、メアリ・ジェインは断固としてそれを許さず、子どもたちを寝室に追いやった。メアリ・シェリーは、その旧友の詩を聞くことを心に決めていたため、こっそりと階下に降りていき、ジェインも彼女の背後にぴったりつけていた。二人の少女はソファの後ろに隠れて、その詩人の声に耳を傾けた。メアリ・シェリーはその後の人生においてずっと、コウルリッジの詩の一節を思い出しながら、その一語一語をのちに知り合う詩人たちに朗読することができた。そして、彼女はコウルリッジが次世代のロマン派作家に影響を与えたことを確信し、『フランケンシュタイン』から『フォークナー』まで、自身の作品にコウルリッジのテーマやイメージをふんだんに盛り込んだ。メアリ・ジェインは娘たちを見つけたとき、二人を罰したいと思ったが、ゴドウィンとコウルリッジがそれを止めた。義母と義娘のあいだに和解する一抹の希望があったとしても、このことがあったせいでその可能性も潰えてしまった。こうした反抗的行動をするとともに、メアリ・シェリーは父および、その友人と手を組み、メアリ・ジェインにしたがう素振りすらやめてしまった。メアリ・シェリーにとって、義母ジェインは凡庸かつ、従来の女性の世界の限界を象徴するような存在であった。それはメアリ・シェリーが逃れたいと思い、母ウルストンクラフトが闘ってきたものすべてを意味していた。ゴシック・ロマンスを読んで想像力をかき立てられていたメアリ・シェリーにとって、メアリ・ジェインを抑圧の権化、すなわち反旗を翻すべきゴシックの悪漢に変えてしまうという次の段階に進むのは簡単なことだった。

メアリ・ジェインの功績として評すべきなのは、怒れる義娘を少なくとも実践面においては面倒をみようとしていたことだ。彼女は義娘が病気になると看病し、腕になかなか治らない湿疹ができたときには、その治療のためにラムズゲートまで付き添ったことさえあった。また、メアリ・ジェインは子どもたち全員を連れて公園や劇場にも行った。健康的な食事を提供するよう、また衣服も適切かつ清潔であるよう力を尽くした。しかし、こうしたメアリ・ジェインの努力にもかかわらず、メアリ・シェリーの反抗的な態度はますますきわだつようになった。メアリ・シェリーとメアリ・ジェインのあいだの緊張関係は悪化の一途を辿り、前者が一四歳のとき、ついに父ゴドウィンは、彼女をスコットランドのダンディーに暮らすある家族のもとに行かせる以外にないと判断した。ゴドウィンは、バクスター家の人びとと面識こそなかったが、急進的な政治をめぐって書簡を交わしたことはあり、彼にとってはおそらくそれで十分だったようだ。

メアリ・シェリーが一八一二年の六月にスコットランドに辿り着いたとき、この地域はすでに、一九世紀文学ツーリズムを目当てに訪れる者たちにとってロマンスの土地として知られていた。コウルリッジもワーズワスも、この土地への聖地巡礼を終えていた。後者の詩人の妹であるドロシーは、「スコットランドはほかのどの地域と比べても、想像力豊かな人間であれば自由にその喜びをもたらす対象を切り出すことのできる国である」と語った。[*3] スコットランドはハイランド人たちの故郷でもあり、彼らはイングランドの王室に何度も反乱を起こした人びとである。サー・ウォルター・スコットは一八一〇年に「湖上の美人」という劇詩を刊行し、数多くのイギリス人の旅行者がハイランドに押し寄せた。そして、深い峡谷を下り、滝壺を眺めたものだ。愛される存在であり、勇敢でもあり、そして悲劇的であったスコットの気高いヒロイン、エレン・ダグラスはメアリ・シェリーにとって、これ以上望めない理想的な女性であった。

メアリ・シェリーがスコットランドに来たころには、ハイランド人たちはすでに降伏していたが、地方ではまだ政治的な混乱は続いていた。バグパイプ*[4]を演奏することはまだ違法であり、タータンチェック*[5]を着用する禁令が解かれたばかりだった。このいずれも反逆の象徴であった。勇敢なヒーローたちやヒロインたちの物語は、この若き女性の脳裏に焼きついていた。十代の少女にとっては、これらの危険なことはワクワクさせるほどにロマンチックであった。彼女自身も反逆者たちに味方し、挑戦的な自由戦士の役を自分にあてがった。もちろん彼女の敵はメアリ・ジェインであり、イングランド政府ではなかったが。

メアリ・シェリーはスコットランドで二年ほど過ごした。そのうち実家に戻ったのは一度きりだった。のちに彼女はこの時代を、作家になる途上での貴重な休止時間となったとふりかえっている。そして、ダンディーという町を「自由の砦」と表現した。メアリ・シェリーのような少女にとって、スコットランドは伝説に彩られた魔法の国であった。それは彼女の想像力を自由にはばたかせ、ゴシック小説のヒロインとして生きる感覚を養う場所でもあった。たしかに、彼女の二作品目である『マチルダ』のヒロインは、自分を捨てた父親のことを思いながら、スコットランドで寂しい幼少期を過ごしている。イザベラ・バクスターは一家の末娘であり、すぐにメアリ・シェリーの親友となって、彼女の革命家的な精神を育む手助けをした。イザベラはメアリ・ウルストンクラフトに憧れを抱き、彼女の娘と親しくなることに喜びをおぼえた。フランス革命の熱心な学徒であったイザベラは、シャルロット・コルデーやロラン夫人の英雄的な偉業について語り、いかなる暴虐も許さないとするこれらの女性たちの教義に追随することを宣言し、メアリ・シェリーの精神にその思想を吹き込んだ。イザベラは、真に革命的な人生を送るためのアイディア、つまり過去の歴史から現在を生きるヒントが隠されていないか徹底的に調査したのだった。

一六歳で実家に呼び戻されたメアリ・シェリーは、ロンドンで船から降りた。彼女は、以前この地を去ったときよりも権威に反抗することに捧げていた。スコットランドのハイランド人たちのように、彼女も革命的になろうとしていた。また、友人イザベラのように、フランス革命で活躍した急進思想の女性たちのようになろうとしていた。しかしロンドンに戻ったら、革命に身を投じることのできる機会は制限されていた。ウルストンクラフトの最初の著書『娘の教育についての考察』〔邦訳は『娘達の教育について』〕で述べられたように、シェリーのような立場の若い女性には、ほとんど自由が与えられなかった。結婚しないかぎり、彼女は父と義母とともに実家にいることを余儀なくされる。娘のひとりとしては、母親の役割を担うメアリ・ジェインを追放してしまうことはできそうになかった。なぜならメアリ自身にはその資金もなければ、所得が得られる可能性もなかった。現体制に対して革命的立場をとることなどできようはずがなかった。また、金銭的に常に困っていたゴドウィンの娘として結婚できる可能性も低かった。ゴドウィンにはいつも多額の借金があり、持参金のない娘と結婚したいと思う者などほとんどいなかっただろう。彼女のような生い立ちの若い女性にほかの選択肢があるとすれば、講師、家庭教師、あるいは未婚女性の付き添いになることだった。しかしその立場は、メアリ・シェリーにとって自由を手に入れるためのものではなかったが、母の自立への道については熟知していた。彼女は母親が残した遺産に恥ずかしくない生き方をするために必要な自由も、愛も、そして変化というものも手に入らなかった。そこで彼女は失望を経験した。それでも、自分自身の自由を勝ち取るための闘争を続けたいのだ。メアリ・ジェインや自分と敵対する人たちと闘いたかった。少なくとも、彼女が敵視するメアリ・ジェイン・クレアモントを消し去りたかった。

パーシー・シェリー

しかし、メアリ・シェリーの人生はちょうど劇的な転換を迎えようとしていた。ほどなく、彼女は自立という点において母親のウルストンクラフトでさえ凌ぐほどになるのだ。彼女の父親は、ちょうど彼を信奉するパーシー・シェリーという急進思想家と出会っていた。彼は准男爵の息子でもあった。パーシーは政治的な自由主義という立場をとるゴドウィンを崇めていた。世界を改革する方法について助言をもらう代わりに、ゴドウィンに金銭的な援助をする約束をしていた。政治運動家で、理想主義者でもあったシェリーは、イングランドによるアイルランド統治に抗議する人びとを指揮し、そこから戻ったところだった。

パーシーは出会った人に大きな感銘を与えた。彼の友人トマス・ジェファソン・ホッグは、彼のことを「空から降り立ったばかりの荒々しくも知的で、この世の者と思えない霊《スピリット》のよう、あるいは地面から出現したばかりの悪魔のようである」と表現した。のちにメアリ・シェリーは、彼のことを「感覚の鋭い」「衝動的な」「心の広い」人物として捉えた。彼は茶目っ気たっぷりで、人を驚かせようとする傾向があった。無神論を主張し、情熱的な小冊子を書いて、オックスフォード大学から退学を命じられていた。メアリ・シェリーはそのような反逆的なふるまいに惹かれたのだった。彼女によれば、パーシーは「現実を理想化するのが好きで」「途方もない空想の世界」に生きていて、普通の人は彼を理解できなかった。ゴドウィンは、なんとしてでもこの若者に自分の借金を肩代わりしてもらわなければならない。そのためには彼に気に入ってもらう必要があると、娘やほかの家族に伝えた。しかし、これはかなり困難であることが判明した。というのも、パーシーは金銭的に父親に依存しており、そのサー・ティモシーは、息子の数々のふるまいは道徳的に受け入れられないと判断し、息子がおとなしくなるまでは金銭的な援助を保留していたのだ。結局、パーシーが親の財産から少しでも奪い取れたお金というのは、長い時間をかけて法的手続きのすえに苦心して勝ち取ったものだった。

もしメアリ・シェリーがパーシーに会うのを心待ちにしていたのだとすれば、パーシーのほうは、自らが敬愛してやまなかった政治的自由の二大象徴であるゴドウィンとウルストンクラフトの娘に会えることに熱狂した。彼は、そのような両親から生まれた若い女性であれば非凡であるにちがいないと確信していたのだ。二人が出会う数カ月前からパーシーは、年若いメアリは「母親に酷似している」という言葉を聞いて、ゴドウィンの書斎にあるウルストンクラフトの肖像画を眺めながら好奇心をそそられた。二年後に彼はウルストンクラフトが残した遺産〔娘〕を讃え、不屈の名声を与えた。そしてこう書いた。

人びとは貴方が生まれたときから愛らしいと言った
輝かしい両親を持つ、貴方は大望を抱く子ども

その運命の日にパーシーは夕食に招かれ彼らの家にやってくるのだが、メアリ・シェリーの目には、彼がほかのどんな若者とも違っていたことは明らかだった。出会ってすぐ、彼は彼女の父親を言い負かそうとするかのように急進的な思想を主張した。革命に賛同し、イングランドによるアイルランド人の圧制を非難し、貴族制は廃止すべきで、制度化された宗教を嫌悪していた。彼は人がそれを聞いてショックを受けても気にかけなかった。むしろそれを喜ばしいものとして受け入れた。彼の見た目も型破りだった。シャツの前を開け、長髪でボサボサだった。彼が話すと目が鋭く光った。

この二人の若者たちはすぐ互いに惹かれあった。トマス・ホッグによれば、メアリ・シェリーは「金髪で、透き通るように肌が白く、鋭い目つきをしていた」だけでなく、反逆的なハイランド人た

ちを支持するため、そして革命家であるアイデンティティを表明するため、スコットランドから持参したタータンチェックの衣服を着用していた。ここにパーシーに負けず劣らず理想主義に燃える女性が存在した。

しかしながら、二人には障害があった。パーシーは一八歳のハリエット・ウェストブルックという女性とすでに結婚していた。ごく一般的な年若い女性にとってパーシーは恋愛相手《オフリミッツ》になりえないはずだが、メアリ・シェリーが繰り返し両親の書物を読んでいたことを忘れてはならない。ウルストンクラフトは『女性の権利の擁護』において婚姻制度を蔑んでいたし、ゴドウィンも『政治的正義』において次のように宣言していた。

今日理解されている結婚とは占有である。そして、それは最悪なかたちの占有だ。確立した制度によって別個である二人の人間がそれぞれの考えにしたがって生きることを禁じられるのであれば、偏見が蔓延り、それが強まるだろう。

予測しうることだが、パーシーはハリエットが彼の政治的思想を共有していないこと、自分自身をもはや既婚者と思わないことをメアリ・シェリーに告げた。そうすると、メアリ・シェリーはすぐさま愛の告白をした。パーシーがのちに回想しているが、彼女は「あらゆるものの真実を見通すことのできる霊《スピリット》から」インスピレーションを得ていた。パーシーが、愛さなくなった女性とともに生きることを拒むのは、彼女にとって讃えられるべきことであった。彼は心のままに生きようとする人間なのだ。そしてそれは、社会のルールにしたがうのではなく、彼女が信じる自由思想を共有し、ウルストンクラフトのように自分に正直に生きたいと願う人間である。ただ、メアリはハリエットの不安定で心細い状況について考えてみることもしなかった。夫パーシーに捨てられたハリエットには、彼とのあいだにアイアンシーという子どもがいて、第二子を妊娠中でもあり、弱い立場に追い込まれていた。

若い女性を束縛するための社会のルールを破り、メアリ・シェリーはパーシーを母親の墓地に連れていった。メアリ・シェリーによると、二人は母親の墓石の前にある草むらに横たわり、「情熱的な愛」で抱擁し合ったのだという。この言葉がどのような意味を持つのかは定かではない。というのも、教会の墓地では、物理的な障害があったことは想像に難くないからだ。公の場所であり、人の目につく危険性があったこと、メアリ・シェリーの未経験、それに一九世紀のイギリス女性がドレスの下に着用していた複雑な衣服の問題もあっただろうから、二人が実際に愛を交わしたとは考えにくい。とはいえ、二人はこの日を性的な関係を開始させた日とした。

パーシーはこの瞬間を不屈のものとするために、『イスラームの反乱』〔邦訳は『イスラムの叛乱』〕という自らの詩のなかで次のような詩句を捧げた。

貴方はなんと美しく、穏やかで、自由だっただろう

その若い知性をもってして、貴方は因襲という名の人間界の鎖を
破裂させ、二つに断ち切ったのだ

メアリ・シェリーはたしかに「因襲の鎖」を「破裂させ」た。歓喜のなかにいた彼女は、この大胆な行動がのちにどれほど彼女自身を苦しめることになるか想像もできなかった。メアリ・シェリーが墓地でパーシーに接吻しているちょうどそのころに、出版準備を迎えていたジェイン・オースティンの『マンスフィールド・パーク』においては、美しいマライアが悪漢とともに駆け落ちし、社交界から追放されてしまう。まったく同じことがメアリ・シェリーの人生にも起こるのだ。彼女は反逆者であると責める人びとと闘いながら、青年期のほとんどを社会的に追放されたまま過ごすことになる。時が過ぎ、彼女は自分の行為がハリエットをどれほど深く傷つけたかに向き合うことにもなる。

だが、それと同時に劇的な別れをするようなパーシーだからこその魅力というのもある。もし彼女が母ウルストンクラフトのようになりたければ、あるいは真のヒロインになりたければ、因襲に抵抗し、自由を摑みとらなければならない。結局、これはウルストンクラフトがイムレイと、それから父親との関係性で選びとったことなのだ。そして、これこそがすべての書物で彼女が擁護していたことでもある――つまり、自由である。それは、自分の人生を思うままに生き、自分の考えを自由に表現する権利でもある。その結果、彼女は父親が憤っているかもしれないなど、脳裏をかすめもしなかった。メアリ・シェリーは、自由を追求した偉大なる哲学者であり、パーシーを熱心に推薦した張本人

でもある父ゴドウィンならば、彼女の判断に心から賛成するだろうと思ったのだ。

しかし、ゴドウィンとメアリ・ジェインがこの二人の関係を知ったときの彼らの怒りに満ちた反応に、メアリ・シェリーは衝撃を受けた。メアリ・ジェインの反対は凡庸さの表れとして聞き流すことはできたが、父親の憤りについては、彼女への裏切りというだけでなく、ウルストンクラフトと共有していたはずの政治的信条への背信のようにも感じられた。ゴドウィンは彼女をがっかりさせただけではない。彼は自分の理想に生きること、そしてなによりもウルストンクラフトが掲げた理想を掲げることを拒んだのだ。シェリーは彼らとこの議論を交わしているあいだ、ゴドウィンが娘のために信条を曲げようとしていることなど、あるいは、一六年前に彼が結婚したときにはウルストンクラフトのために同じように妥協しようと決意していたことなど、気づくことはなかった。メアリ・シェリーにとって彼の反対は偽善的であるように思え、それがパーシーに誠実であろうとする彼女の決意をさらに固めることにつながってしまった。時を経ても、彼女のゴドウィンに対する深い失望は少しも緩和されることはなかった。彼女が書いた小説に描き出される多くの父親像をみても、彼らは娘たちの期待を裏切るか失望させている。

脱出

七月二八日の早朝、ジェインを連れてメアリ・シェリーとパーシーはパリをめざし、家を出た。なぜジェインが一緒に行ったかは不明だが、おそらく二人がゴドウィン家から脱出するためには彼女の助けが必要だったのだろう。パーシーがハリエット、そしてメアリ・シェリーを社会的因襲からの解放へと導きたいと思ったように、彼はジェインに対しても同じことをしようとしていたのかもしれない。これこそ、ジェインが彼らの密使を務めた見返りだったのだろう。もしくは、彼とジェインは不倫関係になる手前まできていたのかもしれない。というのも、三人の若者は自由恋愛を公言しており、貞操のための貞操は偽善であると考えていたからだ。とにかく、この冒険的な行動に義妹を仲間に入れたメアリ・シェリーの動機はとくにはっきりしていないが、彼女とジェインのあいだは、愛と嫉妬を行き来する張りつめた関係が続いていた。

三人は十分なお金も持たずにヨーロッパじゅうをさまよいながら、困難に満ちた三カ月を過ごした。またロンドンに戻るときには、一七歳のメアリ・シェリーは妊娠していたのだった。彼らは革命派で慣例を破壊する者たちとして歓迎されることを望んでいた。しかし、彼らはかつての知り合いから疎まれ、またパーシーの父が息子の行動に愛想をつかし、すべての財政的支援をやめたことによって無一文となったのだった。この三人の若者はウルストンクラフトの先例によって鼓舞され、彼女の墓の近くにあるサマーズタウンに住むことにした。パーシーがしだいにジェインへとまなざしを向けていくと、メアリ・シェリーは疲弊し、病にも苦しんでいた。ジェインは自らウルストンクラフトの信奉者だと宣言し、自身の新たに見いだしたアイデンティティを象徴するものとしてクレアという名に改名していたが、それが義姉のメアリ・シェリーを激怒させた。メアリ・ジェインはクレアが実家を訪問することは許したが、ゴドウィン家の人たちはメアリ・シェリーと口を利くことを断固として拒んだ。また、ファニーは機会を見つけて彼女らをこっそり訪ねていた。孤立し、悩んだメアリ・シェリーは、読書に心を傾け、その習慣が生涯にわたって続けられる自己教育の始まりとなった。この習慣は、彼女の小説のなかでもっともたくましく、機知に富んだヒロインたちに授けられることになる。毎日、彼女はギリシア語、ラテン語、イタリア語の学習に時間を費やし、広く読書をし、日記にその読書の記録を詳細に記述した。

メアリ・シェリーを独学へと導いた大きな理由は、彼女の母親がとくに強調した女性教育の重要性に目を向けていたからだ。ウルストンクラフトは、女性は男性を喜ばせる小手先の技術だけを教わるべきだと主張する論客を批判していた。女性は男性の玩具ではない。ウルストンクラフトは、そう訴えていたのだ。女性は、男性と同じ自然権を与えられており、彼女たちがもし本格的な教育を受けることが許されるならば、自身の社会的状況を改善するだけでなく、社会もまたよりよい場所となるだろう。男性は、子どもを扱うようにあれこれ女性に指図することから解放され、また暴君のようにならずにすむのである。また、子どもたちにもメリットがある。教養のある母親は、自身の責任を十分に果たすことができるはずだ。

家族からも縁を切られ、お金もなく、パーシーに頼りっきりだったメアリ・シェリーは知性に磨きをかけ、作家に必要な技術を高めることによって、母親が思い描いていた、自立した女性になることを決意した。しかし、まず彼女は若いころの悪しき習慣を正さなければならなかった。ゴドウィンの書斎でどんな本でも読むことを許されていたが、体系的な学問の習得法を実践したことがなかった。優れた古典教育を受けたシェリーに指導を仰ぐことでようやく、この学習に打ち込んでいった。彼はギリシア語とラテン語の知識で彼女を助け、二人で『妖精の女王』や『失楽園』を含む多くの古典英文学を読破していった。

　メアリ・シェリーはこれらの高尚な探求に身を捧げていたが、彼女は自身が愛してやまないゴシック小説、とりわけラドクリフの『ユドルフォの謎』〔邦訳は『ユドルフォ城の怪奇』〕やマシュー・グレゴリー・ルイスの『マンク』を耽読していた。父親が書いた『セントレオン』（一七九四年）も読んだ。その作品は、あるフランスの貴族が永遠の命を求めて「賢者の石」を探し、最後には孤独な放浪者となるという結末である。ヴィクター・フランケンシュタインと彼の被造物のように、この主人公もほかの人間から見放されている。彼女はまた、母親の最期の未完の作品『女性の虐待、あるいはマライア』も読んだ。この作品は、物語の始まりでは理由もわからないまま収容所に閉じ込められる謎めいたヒロインが登場する、ゴシックらしい冒頭場面から始まる。序文でウルストンクラフトは、彼女がめざすところは社会的な「礼儀」などではなく「情熱を描くこと」であると書いた。この宣言はメアリ・シェリーに影響を与えた。墓地でパーシーに愛を告白した際、その感情の真実を捉えられたと彼が言ったように、彼女もその実践をおこなっていきたいと思ったのだった。

　一八世紀中葉であれば、メアリ・シェリーが愛読したゴシック小説は迷信的、あるいは扇情的という理由で退けられただろうが、政治思想家エドマンド・バークの思想の影響もあり、超自然的なテーマは文壇で脚光を浴びはじめていた。『崇高と美の起源についての哲学的探求』〔邦訳は『崇高と美の起源』〕において、バークは恐怖、痛み、畏怖の感情は、彼が「崇高」と呼ぶ経験を生み出すと主張している。これは見る者の裡に起こりうるもっとも強烈な感情である。畏怖の感情というものは、日常の平凡な世界における些末な事柄を超えた、超越的な経験へと導いてくれると彼は書いた。とりわけロマン派詩人たちは、自身の読者がこのような崇高体験を得られるような、そして彼ら自身が詩的ヴィジョンを表明できるようなテーマを探り出そうと、これらの原理を意欲的に取り込んだ。メアリ・シェリーは彼女の両親や友人の作品を通して、長いことこのロマン主義的な崇高に感化されていた。コウルリッジの『老水夫の歌』は、その恐るべき超自然的な要素、すなわち幽霊船やアホウドリを撃ったことによる罪の意識に取り憑かれた孤独な老水夫の姿は、彼女をぞくぞくさせた。その老水夫は「死中の生」*〔6〕の霊《スピリッツ》に呪われ、ある種の永久に続く精神的な拷問に耐えなければならなかった——彼は死ぬこともできず、また十分に生きることもできないのだ。最終的に彼は、船の近くで見た海の生物の美しさを理解することで元の生を回復することができ、その経験によって変容させられるのだ。

二月にメアリ・シェリーは小さな女の子を早産で生んだが、二週間後に死んでしまった。彼女は、もしその赤ん坊が生きていたらどうなっていたかを夢見ていた。日記には毎晩、「私の赤ん坊が生き返る夢を見た。その赤ん坊は冷たくなっていたが、火のそばでさすってあげると生き返ったのだ」と書いた。コウルリッジの船乗りが耐え抜いた「死中の生」による罰のように、この夢はメアリ・シェリーの呪いを表していた。母親は彼女のせいで死んだ。そして同様に、彼女の赤ん坊も死んだ。しかし、その赤ん坊は何か驚異的な恐ろしい力によって生き続けている。この悪夢のような経験に取り憑かれた彼女によって、わずか一年後に書きはじめられた小説『フランケンシュタイン』の中心テーマのひとつが、死者の蘇りという着想であったとしても、驚くにはあたらないだろう。

その年の春に、彼女はふたたび妊娠していることに気づいた。一八一六年一月に、ウィリアムという二人目の子どもを産んだ。一方で、クレアは詩人バイロン卿と不倫関係を始めた。彼は当時もっとも文学界で有名であり、同時にもっとも悪名高かった。ちょうどそのころ、バイロンは異母妹との不倫が噂されていたため、別居中の妻から法的措置がとられることになっていた。彼の古くからの友人でさえ、バイロンを見捨てた。そして彼はイングランドから逃げたがっていた。クレアは、彼が夏にジュネーヴへ旅行に行くという計画を立てていることを耳にして、異母姉であるメアリとパーシー、赤ん坊のウィリアムとともに、彼に合流することを提案した。クレアとの交際を続けることに気乗りしなかったが、バイロンは、遠方からその功績が轟き、興味をそそられていた若き詩人パーシーはもちろん、ウルストンクラフトとゴドウィンの娘に会うことを熱望した。メアリ・シェリーのほうも、バイロンの詩を長いこと称賛していたのに加え、ウィリアムをこの夏は街から連れ出したいと思っていた。空気は煙で充満し、重苦しく、それで、赤ん坊の健康を心配していた。同年五月、彼らは未来永劫、文学史に刻まれることになる冒険に乗り出そうとしていたとは知らずに、スイスをめざしたのだった。

第3章　『フランケンシュタイン』

夏のない年

一八一六年五月、二年間の長い勉強の期間を終えたメアリ・シェリーは、自分の物語を書いてみたいと思ったが、両親やほかのゴシック作家の文学的遺産が彼女に重圧を感じさせていた。両親やほかのゴシック作家の文学的な実践を継承したいが、独創的でありたいとも思っていた。憧れの作家たちのように、恐怖と畏怖の念を読者に抱かせ、かつ自分らしさを保ちながら文学的ヴィジョンを貫くにはどうしたらいいのか。彼女は、自分にそれができるかどうかはわからないが、ぜひとも挑戦してみたいと思った。

ジュネーヴへの旅で、彼女はパーシーと共有する日記に、彼らが遭遇したいくつもの冒険を記録していた。春とはいえ、雪は厚く、重く、やっとのことで通過できたのだった。前年の四月にインドネシアで起きた一五〇〇年ぶりの世界最大規模の火山噴火は、ヨーロッパ、アジア、北米の天候を大きく崩したため、一八一六年は「夏のない年」として知られるようになった。スイスでは嵐が吹き荒れ、アルプス越えの旅は、若きロマン主義者たちにとって真に「崇高」といえる体験となった。その吹雪のなかで立ち往生することもあったが、そのことでパーシーは高揚し、メアリ・シェリーとクレアは、永遠に閉じ込められるのではないかと不安に思った。

その後、メアリ・シェリーは、『フランケンシュタイン』の初版でこの冬の風景の記述を生かすことになった。

その景色はどんどん驚異に満ち、崇高なものとなっていく。松林の厚さは人を寄せつけないし、人跡未踏の、いや、近づきがたい広大な大地が四方に広がっている……

これほど畏怖すべき、荒涼とした風景を目にしたことはない。この地域の樹々はとてつもなく巨大で、白い荒野に散在して立っている。広大な雪原は、この巨大な松の樹々と、私たちがいく道を示す標識柱によってのみ彩られ、川や岩を囲むような芝生も目をなごませてはくれなかった。

このような「崇高な」風景や、「畏怖の」感情を呼び起こす荒廃、「とてつもなく」巨大な樹木、「野生の自然《ウイルダネス》」——これらの要素は刺激的なほど小説的であり、彼女もそれを自覚していた。これらの風景を細密に描くことで、崇高な瞬間をページの上にとどめることに初めて挑戦していたのだ。そして、それは実際に物語を書きはじめる何週間も前から『フランケンシュタイン』の土台を築いていたことになる。

それと同時に、彼女は母親の『スウェーデン、ノルウェー、デンマークの短期滞在中に書いた手紙』〔邦訳は『ウルストンクラフトの北欧からの手紙』〕と似た文体になるよう努力してもいた。この本は、『女性の権利の擁護』よりもウルストンクラフトの穏やかな一面を表しているとして、父親のゴドウィンがとくに大切にしていた本である。ところが、『手紙』はウルストンクラフトの内面世界だけでなく、彼女が政治哲学よりも新たに「情念」に関心を寄せはじめたことをも露呈している。スカンディナヴィアにおける夏の壮観な景色を大いに楽しみながらも、ウルストンクラフトは自分の感情、思考、記憶をより重要視した。彼女は、田舎をさまよったこと、松の香りを堪能したこと、そして新鮮なイチゴを味わったことを記述している。失恋から立ち直ったあと、自然が彼女に癒しをもたらし、また霊感源にもなっていたことに気づくのだ。孤独にさまよい歩くことで、彼女自身の自己発見と内的世界の発掘への道が開かれたのである。滝と遭遇したことがウルストンクラフトにとって超越的な体験となり、それが崇高な瞬間へと続き、さらには死、自らの死すべき運命をめぐる深い思索へと誘った。

私の魂は滝に打たれて、新たな思索の道へと急き立てられた。……私の思考は地上から天へと飛び回り、私はなぜ人生とその悲惨さに縛られているのか、と自問した。それにしても、この崇高なものが喚起する、荒々しい感情は私に歓びを与えるので、その滝を眺めていると、私の魂は日常の煩わしい雑事から解き放たれ、新たな威厳をもって飛翔するにいたった……

長いあいだ、イングランドでは彼女の考え方や生きざまが「醜聞的」であるという批判にさらされ続けていたが、そこから遠く離れると、晴れて解放感を感じ、作家として大胆な挑戦に臨むことができるように思えた。さらに、幼児を抱えたシングルマザーとして、ときにあまりの家事負担で押しつぶされそうになっていた状況からも解放された。メアリ・シェリーもイングランドから遠く離れている歓びを享受していたこともあり、ウルストンクラフトが味わった自由の感覚をよく理解できた。

ジュネーヴ湖畔にあるホテル・アングルテールの客室に落ち着いてから、メアリ・シェリーはまたふたたび読書計画に集中し、手紙や日記には自分が「巣立ったばかりの鳥のように幸せだった」と記録している。夕方になると、二人は出航して湖を横断した。水は透き通っていて、湖の水底まで見えたので、淡水魚が目の前をゆったり泳いでいくのを眺めることができた。この情景は記憶に残り、数カ月後に、フランケンシュタインの幸せなある午後の時間の描写に反映させている。それは、彼が花嫁と湖で過ごす午後である。その彼女は、次のように驚嘆の声をあげている。「この澄んだ水の中をこんなに無数の魚が泳いでいくのを見て。水底に並ぶ小石まではっきり見える。なんという素晴らしい日！　ありとあらゆる自然がなんと幸せで穏やかな表情をしているのでしょう」。

しかし、メアリ・シェリーの歓びに満ちた日々も、そのうちにほかのイギリス人観光客たちに台なしにされる。彼らは彼女が誰かを知ると、話すことを拒んだ。彼女とクレアがラウンジなどの公共の場に行くと、人びとは彼女たちに背を向け、敵意あるまなざしで見つめた。バイロンと二一歳の主治医であるジョン・ポリドリが到着すると、メアリ・シェリーたちを取り巻く状況はさらに厳しくなった。噂が飛び交い、バイロンのふるまいにいつも驚かされていた記者たちは、彼らに付きまとって観察し続け、ついには「近親相姦同盟」などとレッテルを貼った。さらには、バイロンはメアリ・シェリーとクレアの両方と性的関係をもち、パーシーもおそらくそうだろうと断言した。

パーシーはそのようなゴシップから解放されるために、ホテルの対岸にあるメゾン・シャピュイという別荘を借りた。バイロンとポリドリも同様に、丘の中腹から五〇ヤード〔四五メートル〕ほどのところにある美しいディオダティ荘に移った（図版4）。その建物は、三階建てで柱があり、広々とした玄関先のある漆喰の豪邸で、バイロン、ポリドリ、そしてシェリー一行が食事をし、食後の会話を楽しむには十分な広さであった。

『フランケンシュタイン』の誕生

六月上旬には、天候はますます荒れ模様になった。何週間も雨は降り続いた。空には雲が低く垂れ

図版４　ディオダティ荘

込め、山々やホテル・アングレテール、湖の向こうの村々の景色を遮り、この若者たちは世間から切り離されているという感覚をおぼえた。最初のうちは、彼らは自分たちの孤立した状況を新鮮に感じ、面白がっていたが、しだいに彼らは落ち着きを失っていった。そこで、こんどはフランス語に翻訳されたドイツの幽霊話や恐怖の物語を集めた作品集、『ファンタスマゴリアーナ』を読むことにした。蛇が女性に化け、クリスタベルという名の無垢な乙女を誘惑するという、コウルリッジの詩「クリスタベル」も読んだ。パーシーはこの詩を読んで震え上がり、悲鳴をあげて部屋から駆けて出ていった。その後、彼は乳房の乳首の代わりに目がある女性の幻影を見たと語った。バイロンやメアリ・シェリーたちにとって、この発作はパーシーの「詩的」な性質の証であった。というのも、彼らはこのようなさまざまな幻視《ヴィジョン》を創作過程の重要な側面とみなしたからである。

一五年後に、メアリ・シェリーはベントレー社の代表的小説シリーズ用に改訂された新版『フランケンシュタイン』（一八三一年）の序文に、これらの出来事の一部を書くことになった。彼女は、「クリスタベル」を読んだあとのパーシー・シェリーの気が動転した様子を省いたが、のちに有名となる逸話を読者に伝えている。彼女の説明によれば、バイロンは『ファンタスマゴリアーナ』の物語よりもさらに恐ろしい物語が必要であると宣言した。そして、その場にいる全員が怪談を書き、そのなかから勝者が選ばれるべきだというのだ。それは、霧や山や嵐に覆われた陰鬱なゴシックの舞台でくり広げられる、まさにゴシック的な試みであり、若い作家たちにとってうってつけの競技だった。

バイロンとパーシーはすぐに執筆にとりかかったが、すぐに興味を失い、それぞれほかの創作作業に戻っていった。ポリドリは、ブラム・ストーカーの有名な物語『ドラキュラ』の着想のひとつとなる『吸血鬼』の草稿を書いた。しかし、この挑戦に勝利したのはメアリ・シェリーであった。彼女が書いた最初の文、「その男が完成したのを見届けたのは、一一月の荒涼とした夜だった」は、まるでその物語が紙面に溢れ出るのを待っていたかのようであり、来るべきものすべてを解き放とうとする印象である。生命創造の秘技を極めることに執着したヴィクター・フランケンシュタインという学生を、彼女は想像力で生み出した。男はその野心に捧げるために愛する人びとから自分を切り離し、墓地から盗んだ人間の身体部分や動物の死体の一部を使って自分の創造物を寄せ集め、継ぎ接ぎにしている（図版５）。

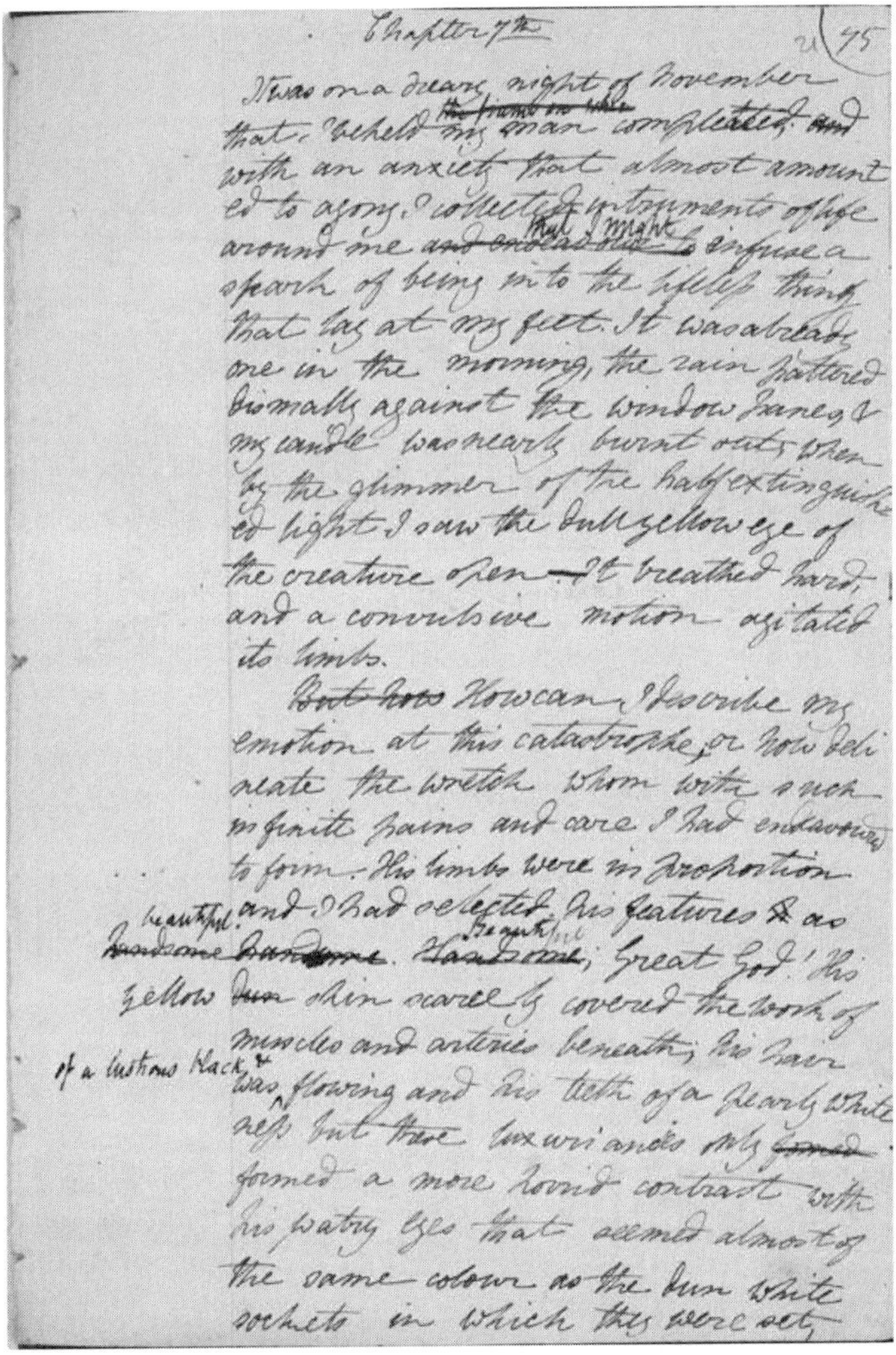
Chapter 7th

It was on a dreary night of November
that I beheld my man completed. ~~and~~
with an anxiety that almost amount
ed to agony I collected instruments of life
around me ~~and endeavoured~~ that I might infuse a
spark of being into the lifeless thing
that lay at my feet. It was already
one in the morning, the rain pattered
dismally against the window panes &
my candle was nearly burnt out, when
by the glimmer of the half extinguish
ed light I saw the dull yellow eye of
the creature open — It breathed hard,
and a convulsive motion agitated
its limbs.

~~But how~~ How can I describe my
emotion at this catastrophe, or how deli
neate the wretch whom with such
infinite pains and care I had endeavoured
to form. His limbs were in proportion
and I had selected his features as
~~handsome handsome~~. ~~Handsome~~ beautiful; Great God! His
yellow ~~skin~~ skin scarcely covered the work of
muscles and arteries beneath; his hair
was of a lustrous black, & flowing and his teeth of a pearly white
ness but these luxuriances only ~~formed~~
formed a more horrid contrast with
his watery eyes that seemed almost of
the same colour as the dun white
sockets in which they were set,

図版5　メアリ・シェリー直筆の『フランケンシュタイン』草稿ページ

それから何年もたった一八三一年の改訂版では、メアリ・シェリーは、物語の着想を得るまでに長い時間がかかり、それが訪れたときには、一種の白昼夢、あるいは悪夢のようなかたちで出現したと述べている。

私には目を閉じたまま見えた。鋭い心の目で、冒瀆的な方法を用いて完成させたモノのそばにひざまずいている蒼白な学生が見えた。人間の醜い亡霊のような姿をして、伸びて横たわっているのを見たのだった。そして何かの強い動力の働きによって、その幻影が生命の兆候を見せ、危うげに、半ば生命運動のように動きはじめるのを見た。

これはメアリ・シェリー自身の言葉であり、彼女の話に疑問を抱く理由はなさそうだ。ただし、一八一六年夏に起こったことについては、パーシーとポリドリの両者が異なるヴァージョンの話を語っていたのだが。

初版の序文で、パーシーは、彼女が物語を書きはじめるときの苦労については何も触れていない。また、夢の話にも言及していない。彼が言うのは、友人らと「何かしらの超自然的な出来事にもとづき、そういう物語を書くことに同意した」ということだけである。ポリドリの日記は、パーシーの話を裏づけている。バイロンに恋したのではないかとからかわれるほど、メアリ・シェリーに魅了されていたポリドリは、日記を「S夫人」の詳細で埋め尽くし、彼女の作業が遅れていたなど記録していない。そこで、彼女の説明に疑念を抱いていた。というのも、もし彼女が小説の着想を思いついていなかったのなら、ポリドリはそれに気づいたはずだからだ。

つまり、おそらくこういうことが言えるだろう。メアリ・シェリーがどのようにして『フランケンシュタイン』を書くにいたったかというのもまさに物語であり、それはより大きなフィクションに滑り込ませたひとつのフィクションなのであろう。いいかえれば、それは何層にも折り重なるようになっている本のひとつの層でもある。年を重ねたメアリ・シェリーが、一八三一年版の『フランケンシュタイン』にこの序文を収録しようと思った理由はいくつもあるかもしれない。一八一八年には、『フランケンシュタイン』は匿名で出版され、ほとんどの人がパーシーか、あるいは彼女の父親によって書かれたと思い込んでいた。彼女はこれに抗議し、好意的に書評してくれたサー・ウォルター・スコットに宛てて、自分が実際の作者であると手紙に書いて送った。とはいえ、一八三一年版では、彼女の名前が表紙を飾ることになる。それについては売り上げが心配であった。メアリ・シェリーは作家として生計を立てようとするシングルマザーであり、経済的に圧迫されていたからだ。既婚者のパーシーと駆け落ちしたことで、いまだに侮蔑の対象であった彼女にとって、ある批評家が規範から逸脱した「怪物的」な小説と形容したまさにこの作品の作者であることを告白するのは、問題であるとわかっていた。もし彼女が、意識的に物語を作ったのではないと説明することで自身の世評を回復することができると思ったのであれば、批判をかわすために作り話をするのは筋が通っている。当然、作家としての才能がある彼女は、「夢」を現実であると思わせるために、詳細なディテールを書き込んだのだ。

　私は枕に頭をおいても、眠れなかったし、考えることもできなかった。私の想像力は自発的に、私に憑依し、導き、そして私の夢想の範囲をはるかに超える鮮明さでつぎつぎとイメージを浮かび上がらせ、脳裏に焼きつけていった。


　ここでは、彼女は自分のことを「想像」を受動的に受け取る人間として語り、この夢が訪れたことは自分には非がないことを暗に示している。その想像力は「自然と生じ」、彼女に「憑依した」のである。自分が創造力ある天才であることを主張する代わりに、この物語の創作に自らが積極的に関わっていないと述べている。これは、女性たちに自らの力を主張するように求めたウルストンクラフトの呼びかけと、矛盾するように思われる主張である。

　だが、メアリ・シェリーはやはりウルストンクラフトの娘であった。というのも、メアリ・シェリーがこのようなことを訴える背景には、もうひとつの、彼女がもっと誇らしく思っていた主張が隠されていた。一八一六年の秋、ロマン派詩人や作家たちにとっては、夢に見るヴィジョンこそが真の書き手の証であるという。コウルリッジは、有名な詩の一部分である『クーブラ・カーン』を生み出すきっかけとなった幻覚について、鮮明な描写を書き残していくことになる。パーシー自身が、乳房の乳首の代わりに両目がついている女性をヴィジョンとして見たが、それはちょうどメアリ・シェリーが物語を書きはじめる前夜のことだった。

メアリ・シェリーは自らの夢を物語ることによって、真のロマン派作家としての資質を誇示したのである。このような崇高なヴィジョン、少なくともこのような鮮やかな白昼夢は、誰にでも訪れるものではない。このような決定的な夢を授けられるのは、本物の芸術家だけである。つまり、彼女が作り話をするということについては、自分の役割を軽視しているようにみえるが、それと同時に、作家としてのアイデンティティを主張していたのだ。しかも、ごくありふれた作家などではなく、選ばれた芸術家であった。突然のひらめき、神々から贈られる振動、これらのものこそが真の詩人になるための芸術の源泉であった。

しかし、メアリ・シェリーが実際に夢を見たのかどうかは別として、ひとつだけ確かなことがある。ひとたび書きはじめた彼女は、見たところ躊躇することなく、そして一定のペースを保ちながら書き続けたということである。パーシーたちは彼女を励まし、彼女が毎日仕事ができるように子守りを雇った。その年の秋に彼らがイングランドに帰国したときも、彼女は初稿を書き続け、一八カ月後にはその本を完成させた。

『フランケンシュタイン』が掲げるテーマ

メアリ・シェリーは、母が自分を出産してすぐに亡くなった幼少期の経験に頼った。彼女は一人目の赤ちゃんを喪い、父親にも拒絶され、それから彼女が既婚者である男性を愛し、同棲していたことを非難される社会で生きていたが、さらに奇想天外なプロットの工夫をも書き足したのである。まさにそれがほかの物語と比較しても突出している点で、イギリス文学史上もっとも著名な作家のひとりにしたのだ。メアリ・シェリーは、若い発明家に創造された人間への誇りを感じさせる代わりに、彼が生み出した「完成された」人間を拒絶させ、おぞましさのあまりその被造物を捨てさせたのだ。

発明家が自分の製作物に嫌悪感をおぼえるというこの考えは、多くのロマン派詩人の考えからすれば異質なものだった。その夏、パーシーが書きはじめた詩『縛を解かれたプロメテウス』（邦訳は『プロメテウス解縛』）は、創造性、想像力、そして技術を讃えるものだった。ギリシア神話によると、プロメテウスは人間を創造し、オリンポス山から火を盗んで人間に与え、その罪によってゼウスによって永遠に罰せられた。パーシーのヴァージョンでは、プロメテウスはジュピターの圧制に抵抗して、自由の象徴となり、高貴で自己犠牲的な英雄となる。パーシーの詩は、基本的には楽観的であり、プロメテウスの贈り物は、技術や芸術の進歩を通じて人類の生活を向上させる。パーシーにとっては、創造という行為、とくに芸術的創造ほど神聖なものはなかった。芸術家は神のようなもので、新しい世界観と新しい生を発明することができる。その点でパーシーはメアリ・シェリーのヴィクター・フランケンシュタインと似ている。いかなる犠牲を払ってでも創造することに身を捧げ、それがもたらす結果を考えることなく、その創造行為を讃えたのだった。

他方で、メアリ・シェリーは、創造過程に対して両義的であった。彼女が『フランケンシュタイン』に「現代のプロメテウス」というサブタイトルを付けたことからもわかるように、プロメテウスの物語に魅了されていたが、彼女はこの物語をもっと陰鬱なレンズを通して眺めていた。メアリ・シェリーのヴァージョンの神話では、異常なほど創造に執着することは、とりわけ人間関係を犠牲にしてまで探究することは、有害である可能性があることを示唆した。創造のための創造は十分ではなく、実際、世界に大惨事をもたらす可能性があった。創造者の被造物に対する責任とは何であろうか。どんなふうに自分で作ったもののケアをすればいいのか。子どもは生まれることを要求するわけではない。それは、人工的な創造物や発明品も同じである。彼女がジョン・ミルトンの『失楽園』のアダムの言葉、つまり『フランケンシュタイン』の題辞《エピグラム》に使用した言葉に取り憑かれていたのは、偶然ではなかった。

おお、創造主よ、土塊から人間に造っていただきたいと、私が
あなたに頼んだことがあったでしょうか？　暗闇の世界から私を
導き出していただきたい、この楽しい園に住まわせて
いただきたいと、懇願したことが果してあったでしょうか*〔7〕？

彼女自身は実の父親に追い出され、それを不当だと感じた。こんなひどい扱いを受ける子どもなどいない。あらゆる生物は親を必要とし、そしてあらゆる創造物は慈しまれなければならない。彼女は

あまりにも深い苦しみを味わっていたため、そう考えることしかできなかった。ウルストンクラフトという存在がなければ、彼女の生い立ちは、ほとんど耐えがたいものであっただろう。ゴドウィンの存在を遠く感じ、そして手の届かないところにあった。子どもには慈しみ育てる両親が必要であり、とくに母親が必要であると、彼女はほのめかした。ヴィクター・フランケンシュタインは、人間の生命誕生において女性が果たしている役割を消し去ろうとし、それが実害をもたらした。母親がいなければ、育ての親がいなければ、子どもたちは簡単にモンスターへと成長し、世界を残酷で憎しみに満ちた危険な場所にしてしまうのだ。

メアリ・シェリーは発明者だけでなく、子ども――人工的に作られた存在――に対しても共感を示しているが、それは、創造行為や創造者自身（常に男性）に関心を持つパーシーとは大きく異なる視点から語ることを可能にした。人工的に作られた者の苦しみを伝えるために、彼女はその特権的な見地をヴィクター・フランケンシュタインから彼の被造物に移行し、それによってヴィクターの行為がもたらした諸々の結果を強調した。

この視点の移行は、「父親」を探し続けていたクリーチャーが、ついにフランケンシュタインを探しあてたときに起こる。物語のこの時点で、クリーチャーはすでに最初の殺人を犯している。彼はヴィクターの幼い弟を殺し、ただひとりたくましさを秘めていた女性登場人物であったジャスティンを殺人犯に仕立て上げている。この暴力的な行為にもかかわらず、クリーチャーはフランケンシュタインの同情を求め、目が覚めると自分が見捨てられていたことに気づき、生まれながらの性質は無垢であり、純潔でさえあったと説明する。彼は、『失楽園』などの本を読み、自分を教育しようとする高潔な目標について語り、「私はあなたのアダムであるべきだが、私はむしろ堕天使だ」と宣言する（すべて、一八一八年版から引用）。共に生きていく存在を探し求めたので、教養ある、洗練された趣味を持つ家族のすぐそばに身を隠し、密かに薪を供給したり、道の雪を取り除いたりして、彼らを助けようとした。彼は、家族が自分を受け入れてくれ、「見た目の醜悪さには目をつぶってくれるだろう」と信じ、「彼らの同情と友情を求めさえすれば」歓迎してくれると自分に言い聞かせていた。しかし、別荘の人びとが彼と対面したとき、彼が恐れていた最悪の展開になった。彼の恐ろしい姿を見て恐怖に打ち震えた彼らは、逃走する前に彼に攻撃を加えた。復讐のため、クリーチャーはコテージに火を放ち（プロメテウスの物語への間接的な諷示となっている）、全人類を永遠に憎しみ続けることを誓い、自分をこの世に送り出したのは「父親」であると咎めた。

この暴力行為はクリーチャーがおこなったものであるが、読者が彼を非難することは難しい。というのも、メアリ・シェリーは、いかに彼が仲間として受け入れられることを望んでいたか、その家族の行為が到底正当化できるものではなく、残酷であったことを表しているからである。しかし、恐怖におののくヴィクターは、「息子」に共感することはない。それどころか、彼はまたもやクリーチャーを拒絶した。激しい怒りが沸き起こり、傷ついたクリーチャーは、「もし私に絆や愛情が与えられないのなら、憎しみや悪徳こそ自分に課されなければならないだろう」と言う。彼は、ヴィクターが自分のために女性の伴侶を創造しないかぎり、殺人的な復讐の暴挙を続けるしかないと宣言する。

「私は孤独で惨めだ。人間は私とつきあおうとはしない。しかし、私のように醜悪で見るからに恐ろしい者であれば、自分を拒否することはないだろう。まさにそういう存在を、あなたが創造しなければならない」。フランケンシュタインは、この嘆願に応じ、スコットランドの海岸沿いに位置する孤島で作業を開始するも、しだいに恐怖と嫌悪に打ちのめされ、とうとうこの被造物を破壊してしまった。これに対し、クリーチャーは殺人という凶暴な行為を繰り返し、ヴィクターの婚約者エリザベスを含め、彼が大切にしていたすべての人たちが殺され、創造主自身も孤独に追い込まれた。

メアリ・シェリーは、このクリーチャーの悲しみを生き生きと詳細に描くことで、彼の「父親」には共感できなくても、読者には共感するように求めている。クリーチャーはこう説明する。「たった一人の生きた人間が同情さえしてくれれば、私はすべての人間と和解できることを知っている。私のなかには、あなたがきっと想像もできないような愛がある。そして、あなたがおそらく信じられないような激しい怒りもある。もし前者を満たすことができないなら、後者を満たすだけだ」。この言葉が含意するところは明快である。もしヴィクターがクリーチャーを愛し、慈しむことができれば、この被造物はその見返りとして彼を愛し、世界の「すべて」を愛するだろう。しかし彼の創造主が「共感」を示さなければ、非人間的に扱われたせいで、怒り狂う子ども、あるいは無法者と化すだろう。

メアリ・シェリーは、クリーチャーが暴力的になる前に「愛と共感」を切望していたことを強調し、非難されるべきはヴィクター・フランケンシュタインであることを明示している。被造物は、無邪気な子どものような「生来的に備わっていた」善なる意図をもって自我に目覚めるが、これはジャン＝

ジャック・ルソーに触発された考えである。固有の性格に欠陥があったためではなく、彼が受けた酷い扱いのために、その善性も無に帰せられてしまうのだ。教育がなければ、あるいは親の慈しみあるケアがなければ、クリーチャーは「怪物的」になる——これは、メアリ・シェリーが教育の重要性を強調する母親の言葉から学んだ点である。親は子どもを指導し、ケアしなければならない。そうでなければ、放置された子どもたちは暴走し、社会に害を及ぼすだろう。彼の最後の長広舌で、クリーチャーは次のように述べている。「私の心は、愛と同情を感受するよう作られていた。悪徳と憎悪によって心を挫かれたとき、その変化という暴力によって、その心はその生き地獄を逃れることはできなかった」。

メアリ・シェリーがクリーチャーの視点に注目することによって、彼女の物語には複雑に折り重なる心理的な層が加えられた。彼女は、パーシーがしたように人間の創造力を高めるのではなく、フランケンシュタインが「完成させた」クリーチャーから逃げ出したあとにもたらされる破壊を詳細に描いている。彼女の手にかかると、『フランケンシュタイン』は、パーシーの誇り高き神話『縛を解かれたプロメテウス』のような主に創造に関する物語ではなく、むしろ創造という行為の後日談となる。ヴィクター・フランケンシュタインの行動がもたらした結果は何だったのか。発明家としての彼の責任とは何か。彼の創造という行為の結果、世界に何が起きるのか。彼が創造する過程で母親の機能を無視したとしたら、何が起きるのか。そして、もっとも重要なことは、彼が蔑ろにした被造物であるクリーチャーがどうなるのか、愛に飢えた生き物はどうなるのか、ということだ。

ロバート・ウォルトンとMWS

その年の秋、メアリ・シェリーは物語にもうひとつの層を書き足している。それは、北極探検家ロバート・ウォルトンの視点である。彼は荒々しい自然界でフランケンシュタインとクリーチャーに遭遇している。ヴィクターはまるで老水夫のようにウォルトンに物語を語って聴かせなければ、という衝動に駆られている。そしてウォルトンは、その物語を姉のマーガレット・ウォルトン・サヴィルに宛てた一連の手紙のなかで語ることで、読者にそれらの出来事を三つ目のヴァージョンとして提供することになる。

ウォルトンは自身の語りでは、崇敬とさえ呼べる称賛の気持ちを込めてヴィクターについて詳述している。ヴィクターがウォルトンは若いころの自分を思い出させるのだと語るたとき、ウォルトンはそれを光栄に思ったが、二人に共通する特徴のひとつが身勝手さであることには気づいていなかった。ヴィクターのように、彼は破壊的なまでに、ただひたむきにひとつのことに打ち込み、野心を達成しようとするが、それによって傷つけてしまいそうな人びとへの配慮はまったく感じられない。たとえウォルトンの野心が船員たちの命を危険にさらすだろうことがしだいに明らかになってきても、ヴィクターは彼にあきらめないように励ます。ウォルトンは姉への手紙のなかで、航海に「悪い予感」を抱きはじめ、引き返すよう促す姉を安心させようとするが、ウォルトンは自分の天才を証明することに執着し、やめようとしない。彼はコウルリッジの『老水夫の歌』を引用し、霧と雪の国を探検すると宣言し、姉に「アホウドリは殺さない、だから私の身の危険を不安がることはない」と語る。この大惨事の物語に言及することで、ウォルトンは知らず知らずのうちに自分の任務の危険を認めているのである。船員たちの反乱も、ウォルトンがいかに盲信的になっているかを示していた。そして、ヴィクターは、船員たちがもしこの航海に成功したら、「あなたがたは人類の恩人として称賛されるであろう。そしてあなたがたの名前は、人類の名誉と利益のために勇敢にも死を受け入れた者の名として敬われるだろう」と、みなを奮起させるために弁舌を振るうが、その甲斐もなく、彼らは航海を続けることを拒否したのだった。

ついに天候にも打ちのめされ、船員たちの反乱に巻き込まれたときも、ウォルトンは引き返すという決断が、ヴィクターの選んだ破壊的な道筋に代わる希望に満ちた選択肢であったことに気づくことはない。それどころか、自分の失敗に意気消沈するだけだった。船員たちが喜んでいたときも、ウォルトンはといえば、断念せざるをえなかった栄光への探求に執着し、絶望する。しかし、もし自分が北極の荒々しい自然で潰えていたとしたら、姉に大きな苦しみを与えることになるであろうことは認識していた。

読者は、マーガレットの視点からの語りを直接聞くことはできないが、ウォルトンが小説のなかで何度も彼女の手紙に言及することで、彼女の理性の声は、舞台の陰にいながらも重要な存在として浮かび上がってくるのである。弟の野心に反対する彼女の態度は、小説のなかの男性登場人物が執拗に栄光だけを追い求めるのに対して、愛と関係性の重要性を読者に思い起こさせる重要な対抗原理となる。ヴィクターによるクリーチャー殺害の嘆願が、編集上の介入によって突如として止められるのにも、彼女が物語のなかで重要な役割を担っていることが示されている。「ウォルトンは、こう続ける」という言葉は、ヴィクターの独白を遮り、ウォルトンの声を復活させている。そして彼は、姉に向けて直接語りかける。「マーガレット、あなたはこの奇妙で恐ろしい物語を読んで、恐怖で血が凍るのを感じないでしょうか」。

マーガレットは、最後までこの問いかけに応じることはない。しかし、ウォルトンがこの質問をすることによって、彼女がこの小説の読者の位置に置かれることになる。たしかに編集に関わる言及はここにはないが、彼女が編集者である可能性がもっとも高いように思われる。ウォルトンの手紙を受け取ったマーガレットこそが、手紙をまとめ直し、物語の流れをコントロールできる唯一の人物であり、それが彼女を舞台裏の声から、物語を背後で構成する黒幕に昇格させたのである。文学者のアンジェラ・ライトが指摘するように、マーガレットの視点は「この物語の構造的・テーマ的な核心部にある」。読者にとっては、彼女の声を直接聞くことはないので、その重要性を見落としやすいのだが、彼女の有利な見地というものは、物語にとってきわめて重要である。彼女は、いかなる段階においても、弟の探求を支持したり、彼の英雄的行為に対して称賛を表明したりすることはない。それよりむしろ、彼女の批判は言葉を発しないまま、物語の表面下にとどまりながらも、弟の呼びかけのなかに強大な力をもち、存在している。

マーガレットの重要性、そしてメアリ・シェリーが彼女に親近感を感じていたことは、マーガレットに与えたイニシャルが、シェリーと結婚してゴドウィン姓が自分の名前から消された場合のイニシャル、つまりMWS、メアリ・ウルストンクラフト・シェリーである事実によって強調されている。マーガレットの視点は、弟ウォルトンの手紙を経由してはいるものの、彼女が弟を批判することによって、彼やヴィクターを英雄として見せようとする試みは阻害される。メアリ・シェリーはマーガレットを物語に組み込むことによって、神聖視されようとする男性登場人物たちの挑戦をあらかじめ挫いている。このような彼女の批判的なものの見方は、男性たちの身勝手な説明に対抗するきわめて重要な手段として機能しているのだ。

メアリ・シェリーは、マーガレットの視点と、同じ出来事についての三つの異なるヴァージョンを読者に提供している。それによって、発明が危険であることを説いた単純な寓話よりも、はるかに複雑な物語を生み出すことができた。むしろ、この物語の中心的なテーマとみなされるのは、ウルストンクラフトの思想から派生している、母親たちや母性《マザリング》の重要性、そして教育や人とのつながりの重要性などである。しかしそれだけではない。ほかにも重要な着想がある。メアリ・シェリーは、男性が他者、とくに女性を犠牲にしてまで栄光を追い求めることの危険性を指摘している。また、想像力、読書、執筆、崇高さなどをめぐるロマン主義的な考え方も視野に入れていた。第二版に付した序文では、パーシーとバイロンが語り合った内容を詳述しながら、この小説は生命の起源を扱っていることも示唆している。それは、この二人が、電気を用いて無生物に動力を与える実験をめぐり議論し、このような「途方もない手段」で死体を「生き返らせる」ことができないかと思いめぐらせた。この思いつきは、メアリ・シェリーが母親と第一子の死に取り憑かれていたこともあり、彼女自身の経験と明らかに共鳴していた。彼女が語る出来事のなかでは、この二人の男性の会話に彼女は参加していない。その代わりに、マーガレットのように彼女は聞き役にまわっている。女性は、男たちの話から本質的な意味や考えを導き出しているが、舞台の外で、後日談として、あるいは紙にしたためるという方法でしか、言葉を紡ぐことはない。

したがって、生命の誕生がこの物語の重要な要素であることは明らかだが、メアリ・シェリーは、この本がひとつのテーマに限定されることを許さない。さまざまな視点を取り込むことによって、人間の心や人間関係の複雑さに焦点を移している。最終的に彼女は、数多くの問いを投げかけている。人間であることとはどういうことか。この物語のなかで、もっとも人間らしいのは誰か。被造物か、フランケンシュタインか、ウォルトンか、マーガレットか。フランケンシュタインが〔被造物を創造する過程で〕母親の役割をなくそうとするとき、何が起こるのか。クリーチャーの痛ましい物語と人間との関係性を渇望する思いを描くことによって、メアリ・シェリーは、もしフランケンシュタインがこのクリーチャーに対して「共感力」があれば、その外見がどれほど「恐ろし」くても、社会を構成する一員になれたかもしれない可能性を示唆している。共感、それから愛は、人間を人間たらしめるもっとも重要な性質であるように思われる。その性質とは、フランケンシュタインとウォルトンに欠けているが、クリーチャー、少なくとも社会に堕落させられる以前のクリーチャーには備わっている。そして、マーガレットも備えている性質である。

フランケンシュタインとウルストンクラフト

メアリ・シェリーは、この本はウィリアム・ゴドウィンのために「尊敬の意を込めて書いた」と父親に捧げている。この抑制のきいた献辞は、彼女が父親とはまだ口を利かない関係であることを物語っている。たしかにこの献呈の辞にもかかわらず、『フランケンシュタイン』が、母親一般の重要性を切に訴えているだけでなく、彼女個人の母親への思慕をも表明していると読めるだろう。母親のいないクリーチャーの苦悩を言語化し、その傷がフランケンシュタインの父親としての責任放棄によってもたらされたと詳しく語ることによって、メアリ・シェリーは両親が子どもを愛して、導くことをしなければ、それによって悲劇が起きることをはっきりと示すことができた。彼女は、健全な、成長を助ける親子関係の大切さを強調しながら、このテーマはその後も別の作品において発展させていくことになる。子育ての放棄をめぐる問題への彼女の関心は、ほかのロマン派作家たちと同じ信念から生まれていた。それは、子どもたちは保護されるべき無垢な存在であるというものだった。この思想によれば、子どもは大人と比べれば自然により近く、社会の導き手としての役割がある。堕落しているのは世界のほうであり、子どもではない。次の段階は避けては通れない。すべての人間が無垢な生き物としてこの世に生を受けるならば、暴力的で不安定な成人が育ってしまうのは、育児放棄《ネグレクト》、質の悪い教育、それから退廃した社会のせいである。

このようなウルストンクラフト的なテーマにもかかわらず、『フランケンシュタイン』は一読すると、『女性の権利の擁護』の教義を少しも参照していないように思える。というのも、この小説は、たくましい女性登場人物の存在が皆無であり、女性の権利を声高に擁護することもなく、そして女性の教育や自立が重要であるという主張がないからだ。小説が結末を迎えるまでには、二人以外のすべての女性登場人物は死んでしまう。その二人というのは、クリーチャーが親しくなろうとするコテージの住人のひとりサフィー、それから重要な役割を担いながらも決して表舞台には出てこない、マーガレット・ウォルトン・サヴィルである。最終的には、メアリ・シェリーが描こうとする世界は、女性は権力を行使することができず、男性のむき出しの野心が共同体というものを機能不全にし、親密な関係性を壊す世界である。それでも、女性が世界を構築するために積極的に関与できないときに、暴力が行使されることを示すことによって、メアリ・シェリーは女性の役割の重要性を見事に主張できている。もし女性が無視され、命を奪われ、追放されるとすれば、歯止めのきかない男性の情念が文明を滅ぼしてしまうと、彼女は暗に示しているのである。人と人の関係が引き裂かれてしまう。たくましい女性がいなければ、この世界は、意味も、愛も、均衡も失ってしまうだろう。そして、名誉、発明、功績への情熱に突き動かされた男たちによって破壊されてしまうだろう。マーガレットの寡黙ながらも批判的な声が、ウォルトン、フランケンシュタイン、そしてクリーチャーの過剰に対して評価を下している。重要なことは、メアリ・シェリーの後期の作品にはもっとはっきりとこの声が響い

ているこ とだ。

悲劇

メアリ・シェリーが『フランケンシュタイン』を書いている間、この小説のディストピア的なテーマの重大さを強調することに寄与する二つの出来事が起きた。異父姉のファニーと、パーシーの最初の妻であるハリエット・シェリーが二人とも自殺し、メアリ・シェリーにもすでにわかっていた惨い真実が浮き彫りになった。未婚の母や非摘出子は社会から嫌悪の対象になり、彼ら、彼女らは、フランケンシュタインのクリーチャーのように絶望に追い込まれるということである。メアリ・シェリーの母親は未婚のままファニーを産んで社会から追放され、二度自殺を図ろうとした。幸い彼女は救出されたが、未婚の母である境遇によって孤独に追いやられ、激しい精神的苦痛を味わった。ファニーもまた、世間の数々の厳しい批判によって切り捨てられた。メアリ・シェリーにとって、母と異父姉が苦しめられることは許されざることであった。彼女の目にウルストンクラフトは潔白に映った。単に恋に落ちただけで、犯罪的な行為であるはずがない。そしてファニーは子どもにすぎず、落ち度とともに生まれたわけではなかった。彼女は、フランケンシュタインのクリーチャーが自分で生まれたくて生まれたわけではないのと同じように、その生命を与えられるよう願ったわけではない。

ハリエットの死はメアリ・シェリーに、さらにもっと複雑な苦しみの感情を生じさせた。メアリは、パーシー・シェリーと駆け落ちしたことによって、ハリエットの悲劇を生み出す片棒をかついでしまったことで自分を責めた。ハリエットもまた社会に怪物とみなされた女性の神殿《パンテオン》の仲間入りをし、世界から拒絶されていた。もっと悪いことに、メアリ・シェリーはハリエットの死によって恩恵を受けた。ハリエットがいなくなって、彼女とパーシーはようやく結婚することができた。二人は一八一六年の一二月に結婚した。メアリ・シェリーはカレンダーに間違った日を書き込んでいたが、そのことは、結婚式が彼女にとっては単にイギリスの婚姻法の不正義を浮き彫りにしているにすぎないことを表している。いかなる理由であれ離婚はほとんど不可能であったため、ハリエットが亡くなってようやくパーシーは解放されたのだ。

これらの複数の自殺を受けて、メアリ・シェリーは後悔、悲しみ、怒り、良心の呵責など、複雑な感情の起伏を経験した。そして、それらのすべてが彼女の小説に注ぎ込まれた。彼女はファニーと母親、そしていまやハリエットに親近感を感じている。彼女はパーシーを愛したことで、父親や社会に厳しく罰せられた。バイロンの子どもをお腹に宿していたクレアがすぐに社会から追放される女性の仲間入りをし、彼女の子どもが拒絶される子どもとして分類されるのではと不安がっていた。もちろん、メアリ・シェリーは人を殺してまわるような事件を起こして社会の残酷さに抵抗するわけにいかなかったが、そのような暴力事件を想像して、強烈に、そして感情をともなって仔細に描くことはできた。クリーチャーは彼女の代わりに復讐を遂げるのだ。また、自分自身を三人の女性の死に加担していた人物としてみていたことも真実である。彼女が誕生したことが、結果として母親の死につながった。彼女を授かったと知ったゴドウィンとウルストンクラフトは結婚することになり、それが姉のファニーを非摘出子にしてしまった。そしてハリエットは、メアリ・シェリーが自分の夫と駆け落ちしたせいで自殺したのだ。

メアリ・シェリーは一八一七年の春に、『フランケンシュタイン』の刊行に向けて原稿を読んで準備していた。そして、その作業が完了する前の九月に三人目の子どもが亡くなるのである。この小説の懐胎時期という意味の重要性は、彼女自身がいちばんよくわかっていた。アン・メローというロマン派の研究者が指摘するように、メアリはこの小説を、自分の出産物語と接続させ、自身の「子ども」と呼んでいた。この物語は〔一七＊＊年〕一二月一一日に始まり、九月一七日に終わっている。メアリ・ウルストンクラフトが妊娠したのは一七九六年の一二月初旬であり、メアリが生まれたのは一七九七年八月三〇日で、ウルストンクラフトが他界したのが一七九七年九月一〇日であった。小説に書き表された情報と彼女自身の誕生の近さが、メアリ・シェリーの誕生秘話への感情的なつながりを示している。フランケンシュタインと同じように、彼女は小説のなかで、また母親として、創造する野心に駆り立てられた。クリーチャーと同じように、創造主に捨てられたと感じた。それは自分が生まれてすぐに母親が他界し、それによって破滅的な苦境に立たされたからでもある。ウルストンクラフトが生きのびるためには、彼女に生命が宿ってはいけなかった。もし彼女自身が存在を許されなければ、『フランケンシュタイン』という作品に命を与えることはできなかった。MWSへのウォルトンの手紙によってこの物語を枠取りすることで、もうひとつの自己言及性を示している。それは彼女が自分自身のためにこの物語を書いたかのようであり、彼女は作者であり、かつ読者にもなり、作者であり編集者にもなる。そして創造主であると同時に、被造物でもあり、母親であると同時に、娘でもあり、発明家であると同時に破壊者でもあり、フランケンシュタインであると同時に彼の創造物でもある。もちろん、メアリ・ウルストンクラフト・シェリー（作者）でもあると同時に、MWS（登場人物と編集者）でもあるのだ——これは、物語を支配する女性の理性の声でありながら、同時に行為主体から外されている存在でもある。

これ以降の作品では、メアリ・シェリーは沈黙させられる人びとに声を与えている。『フランケンシュタイン』において男性登場人物が際限なく恐怖の語り直しを担い、物語を独占しているが、後期の作品で彼女が重視するのは女性の視点である。彼女はしだいに理性的な女性たちの強みに光を当てるようになり、それによって女性たちに重要な役割を与え、最晩年の作品では、精神的な強さを欠いた男性に打ち勝つのは女性登場人物なのだ。そして、悲惨な事態が善なる判断によって軽減され、分別の統治が暴力を抑制する、そういう新しい世界を女性たちが切り開いていく。メアリ・シェリーにとって、このようにして世界の均衡を書き換えることは、母親にとって『女性の権利の擁護』を執筆することが重要であったのと同じくらい、重大な使命であった。彼女はファニーやハリエットの死によって深く心動かされた。もし女性にとって、とりわけ社会の規範から外れて生きる女性にとって、世界がより危険の少ない場所へと変貌を遂げるとするなら、このような女性たちがもっと脚光を浴び、その苦悩と克服の物語が舞台の中央を占めなければならないということを知っていた。そうなって初めて、観客／読者は彼女たちに共感することを学ぶだろう。そして、彼女たちの視点というものを尊重し、受け入れることさえできるかもしれない。

第4章　初期の女性の語り手――『フランス、スイス、ドイツ、オランダの一地域をめぐる六週間の旅行記』、『マチルダ』（一八一七〜一八二一年）

匿名の人

メアリ・シェリーが文壇にデビューしたとき、華々しく喧伝されることはなく、相次いで新聞で取り上げられることもなかった。一八一六年の秋にはイングランドに戻っていたが、彼女とパーシーは、すでに結婚していたにもかかわらず、イギリスの新聞では悪口雑言の対象となり、ロンドンの社交界から排除されたままだった。一八一七年の春にバイロンの子を産んだクレアは彼らとともに暮らしており、多くの人はパーシーがクレアの幼い娘アレグラの父親であると考えていた。ゴドウィン家の人びとは、メアリとパーシーが結婚したことで二人の関係を認めるようになったが、ほとんどの人びとが彼らに対して不信感を抱き、危険な急進思想家で、規律を破る者たちであると考えていた。
このように敵意を向けられる状況においては、メアリ・シェリーが匿名でキャリアを開始することによって、それよりもさらに批判されることを避けようとするのは、理にかなっていた。しかし、そうすることで、彼女の文壇デビューがまるで墓場のように静まり返ることを意味していた。彼女はそれぞれ三カ月以内に二冊の本を出版した。それらは、一八一七年の一一月に刊行した『フランス、スイス、ドイツ、オランダの一地域をめぐる六週間の旅行記』と一八一八年の一月に刊行した『フランケンシュタイン』である。たしかに、名前の秘匿が誹謗中傷から彼女を守りはした。とりわけパーシーと駆け落ちしたことを批判した人たちによる非難を免れはしたが、その結果、メアリ・シェリーの小説に描かれるマーガレット・ウォルトン・サヴィルと同様、編集者や作者としての彼女自身の役割が人の目に届くことはほとんどなかった。『フランケンシュタイン』から二年後に彼女が書いた三冊目の本『マチルダ』の悲運は、彼女をさらに落胆させるものであった。メアリ・シェリーはその作品をイタリアに滞在している際に書き、編集上の助言をしてもらおうと父親に送ったが、彼は大衆が買って読むにはあまりに醜聞的であるだろうと考え、その本の出版を差し止めてしまった。

『六週間』(一八一七年)

メアリ・シェリーが初めて出版した作品『フランス、スイス、ドイツ、オランダの一地域をめぐる六週間の旅行記』は、『フランケンシュタイン』ほどの知名度はないが、この有名な小説の対極にある魅力的な作品となっている。表向きにはパーシーとの共作となっているが、実際にはメアリ・シェリーがほとんどの内容を綴り、本の構成という責任まで担った。パーシーは序文と詩「モンブラン」、そして一八一四年に二人が交わした書簡やヨーロッパ旅行中につけていた交換日記がもとになっている第一部と第二部で、二、三所見を述べた程度であるが、メアリこそが四つの手紙という第二部を含むその他すべての部分を執筆した当事者であった。四つの手紙のうち二つは、彼らがジュネーヴに滞在しているときにファニーに向けて彼女が書いたもので、三番目と四番目の手紙は、彼女の日記の内容やパーシーの手紙を盛り込んだものであった。彼女は「モンブラン」を本の最後に置くことによって、その本が表現する創造性の極みを表現した。

『六週間』を書くにあたってメアリ・シェリーは、マーガレット・ウォルトン・サヴィルのように舞台の外にいる存在としてではなく、自身を発言力のある評論家、編集者、語り手として位置づけ、一人称によって語られる省察、意見、洞察の数々でページを埋めていった。都会というものは、たとえば「嫌悪で満ちて」いたり、「素晴らしいもの」であったりもする。一八一四年のヨーロッパへの最初の旅行で、彼女と名前が与えられていない旅仲間たち（パーシーとクレアのこと）は、彼女が言うところの「奇矯な」決断をする。それは、フランスを歩いて横断するという、純粋にその旅の冒険を満喫するためである。彼らは自分たちほど長距離を歩けない、「体力のない」メアリ・シェリーのためにロバを買うのだが、パーシーが足を捻挫してしまい、結果的に彼がロバに乗らざるをえなくなる。そして、いくつもの荷物や生活必需品を担ぐ羽目になった二人の女性が、後ろからやっとのことでついていくのだった。彼女は、田園地帯の緻密な描写に加えて、食事――「強烈な匂いを放つベーコンや悪くなったパン」――や寝床――納屋の中やわらの上や、ノミを避けるために椅子に座ったまま横にならずに眠ったこと――についても記録している。しかし、彼女は『六週間』を単なる旅行記以上のものに仕上げたいと思っていた。ウルストンクラフトの『スウェーデンからの手紙』を模範にして執筆していたため、彼女は自分自身の思想や感情だけでなく、芸術やその土地の習慣、地理についての自分の考えについても書いている。ライン川を下る遊覧客船に乗ったほかの旅行者には敬遠されたが、彼女はルチェルン湖畔にて「無上の喜び」を感じている。彼女はまた、力強い明晰さで急進的な政治的見解を表現している。

抑圧された人びとに対して共感しているヨーロッパ各国の人びとは、……自由を求める運動がついには実を結ぶだろうという不屈の希望を胸に抱いている。

学者のポール・ストックが言うように、メアリ・シェリーの「自由」という言葉の用い方から読者は、彼女が政治的な改革に乗り出していることが理解できる。彼女は、自由を心から愛する者たちは、みなで連帯し、「忌み嫌われた王家」たる君主制の政府を転覆させると主張した。彼女はまた「感傷的な共同体《センチメンタル・コミユニティ》」という理想を思い起こしている。そしてこの概念は、批評家マーガレット・コーエンによれば、一八世紀の文筆家、ジャン＝ジャック・ルソーやジェルメール・ド・スタール、そのほかの人たちによって初めて用いられていた。この理念は、彼女が後期小説で発展させることになるが、「抑圧された」者たちに共感するという信念だけでなく、改革者たちの感情のつながりに支えられていた。そのつながりは、国家、階級、人種、性別の違いを乗り越え、暴政に対する抵抗へと導くものであった。彼女は戦争に対する態度をはっきり述べている。戦争を「疫病」と呼び、ナポレオン戦争後のフランスを「暴力によって略奪され、荒廃した」国であると明言している。家を焼かれ、家畜が殺され、全財産を奪われた民間人の苦悩を記録するよう、とくに心を砕いた。この戦争をめぐる論点は、彼女がのちに歴史小説『ヴァルパーガ』と『パーキン・ウォーベックの運命』において発展させるものである。

　メアリ・シェリーが政治的な所見を綴っている間、イギリスとヨーロッパの指導者たちは、ナポレオンのような別の指導者がふたたび現れることを未然に防ぐために、ウィーン会議にて一堂に会していた。ほかの自由主義者と同様、メアリ・シェリーは平和を保とうとする国際的な動向に勇気づけられ、それを支持したが、彼女はこの会議が人権にもとづいた改革を推し進めることをほかの人たちとともに希望をつないでいた。だが、結局は失望させられることとなる。会議はヨーロッパ国家の国境を再確定して新たな条約を締結し、第一次世界大戦〔「クリミア戦争」の誤り〕まで続く四〇年間の平和をもたらしたが、彼女やほかの自由主義者たちが望んだ改革は実現しなかった。実際、ヨーロッパ全体で君主制は保たれ、労働者階級の抑圧は衰えることなく続き、そのことでパーシーやメアリ・シェリーのような改革者たちは強い憤りを募らせた。
一八一六年のヨーロッパをふたたび訪れるとき、彼女は政治よりも景色の崇高さに注意を向けるようになり、初めてモンブランを見たときの強い衝撃について次のように書いている。

私はそれまで知らなかった――どんな山が目前に立ち現れるかということを想像したことがなかった。山頂が連なる茫漠たる様子が突然目前に広がるとき、狂気と無関係でない、恍惚とした驚異の感情がかき立てられたのだ。

コウルリッジのロマン主義的な崇高さや、自身の両親の文章に影響を受けたメアリ・シェリーは、風景がそれを見る人に与える心理的な影響を重要視している。この場合、モンブランとの出会いは、彼女を俗世間から驚異《ワンダー》の世界へと引き上げる、超越的な瞬間となる。これらの文章は、彼女が『フランケンシュタイン』の風景描写を書いたことの根拠となっているが、それ以外には、同じ作者が両書を書いたことを示唆するものはほとんどない。実際、この二冊にみられる文体やテーマはあまりにも違っているため、どちらも同じ作者によって書かれたものであると当時の読者が認識できなかったのも、無理はないだろう。
しかし、メアリ・シェリーにとって、この二冊の本は密接な関係にあった。ジュネーヴに滞在していたころに書かれた手紙や日記にもとづくと、『六週間』の第二部は『フランケンシュタイン』の執筆と同時期に執筆されたものである。実際、この本の構想は、彼女が有名な小説を執筆している間、ずっと温めていたものだった。そういう経緯があり、『六週間』の原稿を出版する準備に時間はかからなかった。『フランケンシュタイン』を書き上げたあと、彼女は『六週間』の土台となる手紙や日記の編集を開始した。新しいものを書かないと決めた彼女は、海外に旅行中に書いたものを要約したり、書き足したりすることにとどめた。この時期、パーシーとともにイギリスの田舎町に住んでいた彼女は、三度目の妊娠末期を迎えており、ちょうど一年以上継続して『フランケンシュタイン』を書き終えたばかりであった。それでも、精力的に、また持ち前の自己管理能力をもってこの新しい本に取り組み、一八一七年九月二日にクララを出産してからも、原稿への最後の仕上げに余念がなかった。

メアリ・シェリーは、小説に書けなかったことをすべて『六週間』に書き綴った。ロマン主義的な感性、自由な政治思想に加えて、活発な好奇心をもつ若いイギリス人女性にとってヨーロッパの経験がどんなものだったかを描いている。実際に、『六週間』は『フランケンシュタイン』を反転させたものとして読むことができる。それは若い女性の目を通して見た世界を明らかにするもので、まさに『フランケンシュタイン』に欠けている視点なのである。彼女が挿入した手紙はファニーに宛てて書いたもので、亡くなった異父姉への追悼の意味も込められて、より切実なものとなっている。彼女はパーシーとスイスで過ごした幸福な日々を記録しており、それはまさに、ヴィクターが花嫁のエリザベスと楽しむことができなかったような日々である。

私たちの時間は、素早く、心地よく過ぎています。私たちは正午の暑いころには、ラテン語やイタリア語を読み、陽が傾くと、ホテルの庭の中を散歩したりして、ウサギを見たり、地面に落ちたコフキコガネを助けてやったり、庭の南側の壁に棲んでいる無数のトカゲの動く様子を観察したりしています。……今の私の感覚では、つぼみが膨らみかけた花や、瑞々しい春の草や、このような歓喜を経験し、それを享受している周りにいる幸せな生き物たちが、私に与えてくれるこの上ない歓びで十分なのです。たとえ雲が、私の視界からモンブランの山を見えなくしようとも。

ここで彼女が語っていないのは、これらの歓びはファニーがいちども経験することのなかった歓びであったということだ。未婚の母親から生まれ、望まれずに、そして、両親の不道徳的な関係を常に思い起こさせる存在であった、異父姉のような若い女性にとっては、世界は敵意に満ちた場所であった。

『六週間』は好意的に評価されたが、売れ行きは芳しくなかった。常にお金に困っていた若い夫婦は『フランケンシュタイン』に望みを託したが、文学史上の大きな皮肉のひとつに、『フランケンシュタイン』によって作者が得られた印税がほとんどないというものがある。『フランケンシュタイン』が出版されたとき、批評家たちはそれを「恐ろしくて不快な作品」だと評し、『マンスリー・レビュー』は「粗野」でまったくもって不道徳な作品だと貶めた。それでも、この小説の衝撃的なストーリーは人びとの注目を集め、作者の正体についてさまざまな憶測が飛び交った。ほとんどの人は、作者は当然パーシーであろうと考えた。それは、読者に衝撃を与える物語や暴力的な場面があるからだけでなく、彼が本の序文を書き、献辞が彼の義父であるゴドウィンに捧げられていたからである。誰もメアリ・シェリーが書いたとは想像しなかった。女性がこのような「怪物的」な物語を書くなどありえないと思われていたからだ。

イングランドを離れる

『フランケンシュタイン』の商業的失敗ののち、メアリ・シェリーとパーシーは、収入の望みを、パーシーがその夏に書いた長編詩『イスラームの反乱』に託すことにした。しかし、『イスラーム』は『フランケンシュタイン』よりもさらに売れ行きが悪かった。批評家たちはこの詩をほとんど無視し、不承不承書かれたわずかな書評はパーシー個人を攻撃するもので、彼を無神論者と呼び、彼の「下劣な」政治的見解を非難し、そしてハリエットの自殺に関しても彼を責めた。

彼らの作品が敵視されたことに落胆したため、二人はイングランドを離れる計画を立てはじめた。ジュネーヴで過ごした夏以来、海外に出ることがなかった彼らは、イングランドから遠く離れた場所で、自分たちとよく似た考えをもつ芸術家たちで構成された共同体で過ごすことが恋しくなったのである。一八一七年に、パーシーはハリエットとのあいだにできた二人の子どもの親権を勝ち取ろうとしていたが、彼はこの裁判で大打撃を受けることとなった。というのも、裁判所は、彼に不利な判決を下し、三歳のアイアンシーと二歳のチャールズの親権をハリエットの両親に与えるという、異例の措置をとったからである。一九世紀において、このような場合に父親の親権が奪われることは滅多になかったが、パーシーは「不道徳」という世間の評判のせいで、大きな代償を払うことになったのである。メアリ・シェリーは、パーシーの親権争いがおこなわれている間にも、検察がウィリアムとクララを連れていくと脅していたことから、新聞の否定的な記事がさらなる法的手続きを誘発するのではないかと心配していた。さらに悪いことには、『フランケンシュタイン』を本当は誰が書いたのかが知れわたれば、彼女は母親としてふさわしくないと言明されるのでは、と危惧したのである。

スイスでの滞在から約二年、そして、『フランケンシュタイン』の出版からわずか数カ月後の一八一八年の春に、イタリアで暮らすようになったバイロンについていくことを、彼らは決意した。三月には、荷物をまとめ、クレアとアレグラを連れて出発した。メアリ・シェリーは高揚感に満ちていた。パーシーはさまざまな身体の不調に悩まされていたし、彼女はといえば、いつも子どもたちの健康を心配していた。きっと、イタリアの陽気な気候が、家族の幸福度を高めてくれるにちがいないだろう。また、彼女はイギリス社会に蔓延る偏見をすべて捨て去るという考えも気に入っていた。ファニーとハリエットを自殺に追い込んだのは、こうした偏見に満ちた見方と抑圧的な社会的習慣のせいだと彼女は考えていた。イタリア行きは、彼女により自由に生きる機会、そして、なおも彼女の夢に出てくる二人の若い女性の亡霊と距離をおく機会を与えてくれたのだ。

イタリア

一八一八年三月三〇日、イタリアに到着したメアリ・シェリーの歓喜は日記や手紙に溢れている。どこを見渡しても、美しい景色が目に飛び込んできた。四月六日には、「果実の木々はどこもかしこも実を付け、畑は背を高くする緑の穀物でいっぱい」と綴っている。メアリとパーシーは旅に向けてホメロスを読んでいたので、古典にまつわる土地を訪れることを望んでいた。「イタリアでは、まったく異なる空気を吸い込み、何もかもが喜ばしく思えた」と声高に語った。願っていたとおり、子どもたちの体調も改善し、パーシーも健康になったように感じていた。

この旅の目標のひとつに、バイロンに子どもを会わせるということがあった。もしバイロンが親権を望むとすれば、クレアにはその一五カ月の赤ん坊と今後もときおり会うことを許してくれるだろう。しかし誰もバイロンの専制君主的な気性を考慮していなかった。バイロンはクレアには会いたくないとはっきり伝え、アレグラをヴェネツィアまで送ってよこすように要請する手紙を書いた。まだ歩きはじめたばかりの自分の子どもとの別れを悟って心が折れたが、クレアに為す術はなかった。バイロンこそが父親であり、父親として、すべての権力を握っていたからだ。幼い娘に別れを告げるとき、三人は涙を流した。

メアリ・シェリーはクレアを安心させようと、お金もない、信用に足る地位もない、家族もない、未婚の母親の娘でいるよりも、バイロンが自分の娘として認知してくれたほうが、アレグラの将来はよりよいものになるだろうと励ました。その際、誰もアレグラにファニーと同じ運命を辿ってほしいと思わなかった。しかし二人が南西のリヴォルノをめざして移動し、リヴォルノからまる一日かかる上流階級御用達のリゾート地、バーニ・ド・ルッカの高台にある三階建てのベルニーニ邸に落ち着いたとき、悄然としていた。街まではすぐに歩いていける距離で、家の周りは高くて厚い生垣の囲いがあったので人目にもつかなかった。六月一五日、メアリは友人のマライア・ギズボーンに、この恵まれた近況について手紙を送った。「この地に着いた瞬間、長いあいだ私に欠けていた、欣快の感情が戻ってくるように、その静けさを体感した」。やがて二人は読書や執筆、長閑な散策をするのが習慣になった。そしてイギリスから乳母を連れてきて、彼らがウィルマウスと呼んだ二歳のウィリアムの世話を手伝わせた。彼は自分を取り囲む世界を探求しようとする活発な子どもだった。一歳のクララは昼寝から目覚めると、メアリとクレアを見て微笑んだ。メアリにとって、これほど幸せだったことはなかった。

だが、すぐに悲劇は訪れた。その夏の暮れ、バイロンはクレアに娘に会うことを許した。クレアはバーニ・ド・ルッカを揚々と旅立ったが、ヴェネツィアに着くやいなや、バイロンの酒癖や情緒不安定な状態をどうにかしてほしいと、パーシーの助けを乞う、酷く取り乱した手紙を書いて寄越した。なによりクレアはアレグラの安否を心配した。手紙を受け取ったパーシーは、メアリと二人の子を置いてこの地を離れた。メアリはパーシーにクレアと二人きりであまり長い時を過ごしてもらいたくなかったが、この夏の暑さのなかで二人の幼い子を連れて移動するのは、賢明ではないこともわかっていた。パーシーが去ってから、クララが熱を出してしまった。メアリはクララの体調に胸騒ぎを憶えていることをパーシーに手紙で伝えると、パーシーはメアリに、クララはきっと大丈夫だからと励ます手紙を送り、ヴェネツィアに来てほしいと要請した。メアリからしてみると、この返答は薄情で、呆れるほど自己中心的であるように思えた。パーシーは父親として、幼い娘の体調を心配しないのだろうか。うだるような天候のなかでの長旅になるのに。相変わらずクレアとパーシーの親密さは彼女の心を騒がせたが、あらためてヴェネツィアに来るよう懇願されたとき、メアリは旅立つことを決意する。三日ものあいだ、熱のあるクララを膝の上に乗せて抱きかかえ、幼い娘が長く険しい道のりを生きのびられることを願った。そんな苦労をしたのに、クララの体調は悪化するばかりだった。ついにヴェネツィアに到着したとき、クララは少しのあいだ元気を取り戻したが、熱は急激に上がった。数週間後、クララはメアリの腕のなかで息を引き取った。パーシーが驚いたことに、メアリは子どもの身体から引き剥がされることを拒絶した。メアリが部屋で哀しみに暮れているなか、パーシーはリドの地にクララを埋めた。その間、メアリは自室で娘の死を悼んでいた。そして、ファニーとハリエットの死を記録していたノートにクララの名前を記し、「これは不運の日記手帳である」と書いたのだ。続け様に子を亡くすと、メアリは自分自身に問題があるのではないかと恐れた。彼女のせいで母が亡くなっていた。そして現在、一人の娘に続き、いまやクララを喪ってしまった。絶望のなか、ファニーの死も、ハリエットの死も、自分のせいであったように思えたのだ。

自分を許せないメアリは、石のように外界から一切遮断し、沈黙を守ったまま閉じこもった。これまでほかの人に痛手を負わせたために、罰を受けているのだと確信した。おそらく、これはハリエットによる復讐なのだ。パーシーはメアリがそばにいなくて嘆いたが、メアリは笑顔を向けようとはせず、自分自身を責めるのと同じくらいパーシーを咎めた。パーシーがもしヴェネツィアに来るように懇願しなければ、クララはまだ生きていたはずなのにと。

彼らは冬にナポリに行く計画を立て、景色が美しく、気候も穏やかなのだから、パーシーはとにかく行かなければと決意した。しかし依然、メアリは哀しみに暮れていた。一月にはウィルマウスの三度目の誕生日を迎えた。この幼子は活発で身体も丈夫だったが、メアリはそれでも彼の健康を気にかけていた。ローマに向けて出発した二月末になってようやく、メアリは気持ちが軽くなったのを感じた。

古都に足を踏み入れたことに歓喜したメアリは、パーシーとともにありとあらゆる場所を散策した。小走りで懸命についてくる三歳のウィルマウスが、両親の隣を気の向くまま手をつながれて隅々を歩き、ウィルマウスは両親が指摘した美しい景色を見て、「ああ、なんて美しいんだろう」と声を上げた。メアリはウィルマウスの流暢なイタリア語を誇らしく思い、子どもの目を通してローマを見ることを大いに楽しんだ。三月一二日、メアリは友人のマリアンヌ・ハントに、「かわいいウィルは、山羊と馬と白い大理石の足の女性像がお気に入りなの」と説明している。両親が称賛した彫像の裸足を鑑賞できるほど背が伸びている、三歳児の成長ぶりを垣間見せる。クララの死後、パーシーとメアリにとってウィルマウスの存在はよりかけがえのないものとなった。幸いにもウィルマウスは健康そのものだったのだが、より丈夫な身体にするために、二人は冷水の養生法を試してしまうなど世話をしすぎる一面もあった。

その年の四月に、ふたたびメアリ・シェリーは妊娠していることが発覚した。希望に溢れた二人は、屋外での執筆に朝の時間を費やした。この歴史ある街での生活は、彼女が夢見てきた日々と同じくらい完璧に思えるほど魅力的なものだった。しかし五月に彼女の歓びは消え去った。ウィルマウスが胃痛を訴えて、病に倒れた。医師は寄生虫による感染症だろうと診断したが、その後、その小さな男の子が回復することはなかった。その一週間のあいだに、彼はみるみる具合が悪くなり、彼女は何もできないまま見守ることしかできなかった。六月の初週、彼女は、ウィルマウスもまたクララが九カ月前に経験していた「最悪死に至る痙攣」を起こしていたことに気づいた。六月五日、彼女は友人のマライア・ギズボーンに宛てて、「私の人生の希望は唯一、彼だけなの」と書いた。しかし六月七日の午後、メアリ・シェリーの三人目の子ウィリアムが亡くなった（図版6）。マラリアかローマ熱であったと最後に診断された。パーシーは泣き、メアリ・シェリーは慰めようのないほどの状態だった。六月二九日、彼女はマリアンヌ・ハントに、「私があの子に変わって六月七日に死んでしまえばよかったのに」と書いている。

クレアを連れて、彼らはリヴォルノ北部の田舎街に引っ越した。哀しみと妊娠で疲れきったメアリ・シェリーは、旅の記録をやめた。パーシーやクレアと話すことすらできない状態だった。もし妊

図版6　ウィリアム・シェリー，3歳（1819年），アメリア・カラン作

娠していなかったら、マリアンヌ・ハントに「生き辛い」と手紙を書き、自殺を図っていたかもしれない。繰り返される静寂な日々に苦しめられるなか、メアリはようやく八月に筆を取った。彼女の父親は、その新しい小説はショックが大きすぎて、ここ数十年は出版できないと断言することになる。孤独感に苛まれた彼女は、わずか六週間でその物語を書き上げた。

『マチルダ』(一八一九年)

彼女は、ヒロインであるマチルダにちなんで本のタイトルをつけた。『フランケンシュタイン』同様、この主人公の名前をタイトルにした小説は、男性の執着と権力の顛末を取り上げている。しかしこの作品において、メアリ・シェリーは、女性登場人物に光が当たるようにし、『六週間』において彼女自身が物語を構築したように、架空のヒロインに語りを創造することを許した。より重要なのは、マチルダが唯一の語り手ということである。メアリ・シェリーは、マチルダの語る出来事についてほかの誰にも口をはさませない。それはどういうことを表すかというと、メアリ・シェリーは、『六週間』では旅についてパーシーに視点を与えていたが、それを『マチルダ』では一切していない。またこの作品は、複層的な語りの構造をもつ『フランケンシュタイン』とも一線を画している。

当初、メアリ・シェリーはその物語を、彼女の母の未完の作品のひとつ、「想像の洞窟」の継続として考えていた。これは悲しみに打ちひしがれたメアリ・シェリーの心に響いた物語で、悲観と失望でいっぱいの荒涼とした世界を描写したものである。しかし、彼女は物語に取り組むなかで、ほどなくして彼女の母が想像し得た以上に暗くなっていった。メアリ・シェリーの物語では、自らを衰弱させて自殺することを決意したマチルダは、死を目前にして、友人である詩人のウッドヴィルに向けて彼女の人生の話を書いている。

マチルダと彼女を描いた作者のあいだには、多くの類似点がある。マチルダは、メアリ・シェリーと同様に作家である。メアリ・シェリーのように、彼女も母を出産時に亡くしている。しかし、これらの類似点は、メアリ・シェリーが中編小説を自伝として読んでもらうことを意図していたわけではない。ジェニー・ディプラチディが指摘するように、メアリ・シェリーは、彼女の小説のそのような単純化された解釈に抵抗していた。メアリ・シェリーにとって、作品の重要性は、自身の思想の具現化に置かれており、とりわけ、男性の残虐さに対する姿勢であって、それは彼女の個人的な体験を記録するためではない。

初めから、マチルダの物語はメアリ・シェリーの物語からは逸れていく。人生の始めの一六年間において、マチルダの父は不在である。彼が帰ってきたとき、彼女は初め父との親密さに大喜びしたが、彼がしだいに陰鬱になっていくと、その暗い気持ちを心配して、彼に不幸の元を明かすよう無理強いする。しまいには、父親は娘に対して近親相姦的な愛情を心に抱いていると打ち明けて、立ち去ってしまう。『フランケンシュタイン』において怪物が彼の父親を追跡するように、マチルダも父を追うのだが、彼女が彼を発見するとき、ついに自死したことを知る。父親の気持ちを無理やり告白させたことに対する後悔の念に駆られた彼女は、俗世間から離れ、自分の人生はもう生きる価値がないのだと決め込む。死に際で、マチルダは、メアリの母ウルストンクラフトが死を目前にゴドウィンに伝えた「少し辛抱すれば、すべてが終わるだろう」という言葉を口にしている。このウルストンクラフトが発した言葉は、彼女の遺作である『女性の虐待、あるいはマライア』においても、死の間際にある主人公の母に授けられる。

メアリ・シェリーは、この中編小説が持つウルストンクラフトとのつながりを強調するために、これらの活字をイタリックにした。『女性の権利の擁護』においてウルストンクラフトが主張したように、女性が男性の犠牲になるとき、彼女たちは法的、または政治的な支援を求めることができないのだ。メアリ・シェリーは、自分の母によるこの訴えを物語の文脈によって浮かび上がらせている。すなわち、マチルダの父が娘の人生にもたらす破滅を物語で語ってみせることによってである。彼女は、歯止めの効かない男性の権力は不当であるだけでなく、巻き込まれたすべての人びとにとっても危険であると主張しているのだ。

マチルダが自分の父のせいで苦悩するとき、彼女はそれに対して怒りで反応することはない。また は、『フランケンシュタイン』の怪物のように復讐を企てようともしない。代わりに、彼女は父の不品行を批判し、彼のようにならないことを選択することによって、彼女の行為主体性を強く主張している。『フランケンシュタイン』とは異なり、語り手間での対決がないため、父親の立場からの主張を耳にすることができない。唯一の語り手であるマチルダによって、ことの顛末が語られる。彼女は、幼少時代には不在の父と一緒になることを夢見ていたが、ティーンエイジャーとしての娘に再会した際に感情を制御できない父とは違い、彼女は今これらの欲望に支配されることに震え上がっていると打ち明ける。これらの欲望を過去に追いやることで、彼女は父以上の成熟と自制心をはっきりと示し、彼女の真実を強く主張し、生き残った者の物語を語ることで、父の不穏な空想の数々に打ち勝っている。

父と同様、マチルダも自殺することを決意したものの、彼女の死は、時間のかかる、熟慮された死であり、衝動的なものというより、主体性をともなうものである。ミシェル・フォベールが主張するように、メアリ・シェリーはマチルダのこの選択を「高潔で、立派で、そして社会的に有益でさえある」ものとして描写している。そのほかのロマン派の作家たちと同様に、メアリ・シェリーは、高貴な自殺という主題を自由意志と個人の行為主体性の問いを探求するために使用したが、彼女が生きてきた家父長制の社会に対する強烈な批判としても、マチルダの自殺を提示した。彼女の人生の最後(そして彼女の物語の最後)には、マチルダが死ぬ決断をしたことで、痛みは徐々におさまっていく。彼女は父の自殺を熟考するときにもう「恐怖」を感じることはないし、「私はこの恐ろしい実態の跡を追い続けることはしないだろう」と言い、彼の死体について思い悩むことをやめたと宣言する。アンジェラ・ライトによれば、マチルダは、ヴィクターとウォルトンのように恐怖と情熱に集中するのではなく、読者の注意を再生と美へと向けさせ、小説の結末を蘇生のイメージで迎えている。「私の墓の上は、芝生はもうすぐ青々とするだろう。そしてスミレがその上に咲くだろう」。マチルダの声は、まだメアリ・シェリーの未来のヒロインたちの理性の声ではない。しかしそれは、『フランケンシュタイン』においては欠けている女性の主体的な声であり、『六週間』を特徴づけていたものである。自分の物語の恐怖をそそる詳細を強調し、明らかに自らの情熱に閉じ込められたウォルトンやフランケンシュタインとは異なり、マチルダは父の暗い物語の奈落の底に落ちることを拒絶し、それによって自分自身を彼の「腐敗した」語りから切り離していると、ライトは主張している。

　メアリ・シェリーは、マチルダの自殺を彼女の強さと自立心の象徴として表現しようとしたのかもしれないが、だからといってこの中編小説の結末が幸せなものになるわけではない。父によって心を深く傷つけられたため、マチルダは人生を謳歌するために生き続けることはできないのである。痛みから解放されるために彼女が死ななければならないというのは、彼女が暮らす社会への厳しい糾弾である。彼女の父の強い欲望は、結果的に彼女自身を消し去った。その行為は高貴なのかもしれない、あるいは勇敢でさえあるかもしれないが、それは悲劇であることには変わりない。というのも、メアリ・シェリーが明らかにするように、苦痛か、死のいずれかしかない、このような選択とはいったいどういうものだろうか。徳を備えた若い女性に、生の代わりに無《ノン・ビーイング》であることを選ばせるような世界とはどのような世界なのか。

　メアリ・シェリーは、ヒロインの才能と美徳を強調することによって、その物語の悲劇をきわだたせている。つまり、もし彼女が父によって傷つくことがなければ、マチルダは十分価値ある人生を送ることができただろうことを示している。彼女は、マチルダの自然界におけるロマン派的な歓喜というものの重要性に注視している。それによって、マチルダには、自然界との情熱的な結びつきだけでなく、激しい感情に苦しむことを通じて獲得された美徳をも与えているのだ。「私にとっての最上の歓びは、これらの緑の木々に囲まれた穏やかな空を楽しむことであった。とはいえ、私は自然の、そして雨、嵐、天国の美しい雲を歓びも一緒にもたらしてくれる、自然界のあらゆる変化を愛している」。同時に、彼女はもし父がいなければ、マチルダは決して死にたいなどと思うことはなかったであろうことをはっきり示している。「もし痛みが心を浄化できるのであれば、私の心は無垢となるだろう」とマチルダは語っている。

メアリ・シェリーは、マチルダの父を許しはしないが、マチルダの父親自身が家父長制の犠牲者であることを示唆している。もし周りの人間が彼の気まぐれな要求に応じてこなければ、あるいはより優れた教育が受けられていれば、彼はよりよく自身の才能を運用し、あるいは善き人生を送ることができたかもしれない。しかし、裕福な白人男性として、彼は自分の欲望や権力が制限されるという経験をしたことがいちどもないのだ。幼いころから、自らの想像力を「病的な」英雄物語によって侵食させてしまい、彼が学んだことといえば、欲望や権力を抑制するのではなく、それらに溺れることであった。ディアナ・コレツキーが指摘するように、さらにいっそう厄介なのは、近親相姦がたびたび人種的・民族的な均質性をめぐる破滅的な願望を暗示することである。マチルダと一つになることで、彼自身の権力と血筋の純粋さを保持しながら、彼は外界から身を守ることができる。

それとは対照的に、メアリ・シェリーはマチルダの母であるダイアナを理想の人物として描いている。メアリ・シェリーの小説においては数少ない善なる父によって、衝動よりも教育、そして情操よりも理性を重んじるよう教えられたダイアナは、自己鍛錬と美徳を実践する人生を送っている。そして妻としては、夫の感情的に不安定な態度を巧みに制御しながら、夫の衝動を緩和する役割を果たしている。しかし、彼女の死後、夫は自分の感情を制御することができず、彼のその過剰さによって自身と娘を破滅させている。ダイアナのこの理想的な人物像を描写することで、メアリ・シェリーはマチルダの母が亡くなったときの彼女の喪失感を強調している。もしダイアナが生きていたら、彼女は夫の過剰を抑制し、娘を守ることができただろう。くわえて、彼女はマチルダに優れた教育を与えられただろう。しかしその代わりに、ダイアナが亡くなるとマチルダはたちまち無防備な存在と化す。このことはメアリ・シェリーの論点を先鋭化している。すなわち、強い母や妻のいない世界が娘にとって危険な場所であるということだ。メアリ・シェリーにとって、制御されていない家父長的な権力は、家父長自身も含め、あらゆる人にとって危険であることは明確なのだ。女性は力を与えられる必要がある。それは、攻撃性と野心を追求するためではなく、愛、教育、そして協力にもとづいたまったく別の《オルタナティヴ》あり方を実現させるためである。

　メアリ・シェリーが父親にこの小説の原稿を送ると、彼は愕然とし、出版社に持ち込むことを拒んだ。ゴドウィンが、その短編小説があまりにも自伝的であると考えていたと主張する研究者はいるが、もっとありえそうなのは、彼が家族をさらなるスキャンダルの渦に巻き込まれないようにしていたことである。ジュネーヴ滞在中に広まった近親相姦の噂によって、メアリ・シェリー、パーシー、バイロン、そしてクレアの評判はすでに傷つけられていた。メアリ・シェリーは、父とまた絶縁状態になりたくなかったこともあり、彼と言い争うことはしなかったが、これは彼女の作家としてのキャリアにとっては大きな損失であった。なぜなら、この小説が短く、読みやすく、そしてメロドラマ好みの時代に合致していたことから、人気が出たかもしれなかったからだ。

しかし、ゴドウィンが、『マチルダ』を嫌悪したもうひとつの理由が考えられる。それはメアリ・シェリーによる悪の父の告発、そして女性が家庭内外にかぎらず指導者の地位を占めることが阻まれた、母たちのいない世界への糾弾が、ゴドウィン自身への暗に示唆された非難と捉えられたからでもあった。これは決して新しい主題ではなかった。『フランケンシュタイン』でも、ヴィクターは自身の怪物を見捨てた酷い父親である。父も母もいないことで、怪物は暴力に向かってしまう。しかし『マチルダ』では、メアリ・シェリーはこの点をさらにきわだたせている。母のいないマチルダの父は物語の悪漢であり、とくにダイアナの理想的な父とは対照的である。マチルダは、彼女の父の破壊的な傾向に抵抗し、彼が体現した情熱に満ちた切望に共謀することを拒絶することによって、彼女自身の行為主体性を模索するのだ。

たとえ読者にはわからないように描かれていたとしても、この悪い父親というテーマがメアリ・シェリーの作品を支配していた。たとえば、『六週間』には、両親はいちども言及されないため、父親についての物語ではないようにみえるが、実は彼女の独裁的な父親からの逃避というストーリーが秘匿されていた。一八一四年には、メアリ・シェリー、パーシー、クレアは、単に冒険を楽しむためにヨーロッパ大陸に乗り出したわけではなかった。若い恋人たちを別れさせようとするゴドウィンの企てを回避するために、イングランドを去ったのだった。一八一六年に、ゴドウィンが娘とパーシーとの関係を認めようとしなかったとき、彼の批判的な目から逃れるためにジュネーヴへと旅立った。メアリ・シェリーが、この冒険が家父長制的な制限から自由になるための試みから始まったといちども書かなかったため、読者がこの主題に気づかなかったとしても仕方ないだろう。彼女は一回目の逃避にまつわる劇的事件にも言及していない。たとえば、秘密裏に逃げる決心をしたこと、音を立てずに階段を降りていったこと、彼女が家を出たあとにゴドウィンに読んでもらうための書き置きを暖炉の上に残してきたこと、夜明け前の出発、ロンドンから急いで馬車を走らせたこと、一晩のうちにフランスに渡ったこと、メアリ・シェリーの義母メアリ・ジェインによって追跡されたこと、そしてフランスのカレーで見つかり、家に戻るようクレアに説得されたことなどである。メアリ・シェリーはこれらのいずれにも言及はしないが、この旅行記は叛逆したことの証言である。三人の若者たちが両親に抵抗する物語であることに変わりはなかった。『ブラックウッズ・エディンバラ・マガジン』が言及するこの書き物の「躍動感」は、部分的にこの意気揚々とした語りの性質によるだろう。たしかに、『六週間』の歓喜に満ちた瞬間、苦悩した瞬間でさえ、若い人たちが苦労して勝ち取った自由の象徴となった。メアリ・シェリーは次のように書いている。彼女たちは素晴らしい冒険を経験した。そしてこれらの冒険は、彼女たちが自由主義という大義に心血を注ぐ書き手へと成長させたのだ。親の圧制から解放されるやいなや、彼女たちは創作に打ち込んだ。のちにシェリーたちを有名にする詩や小説を書くことに没頭したのだ。

自分たちを解放に導いたり（『六週間』）、復讐したり（『フランケンシュタイン』）、あるいは別離に踏み切ったり（『マチルダ』）、初期の三作品が一緒に考察されると、虐待される子どもたちの選択肢を探っているようでもある。『六週間』で三人の若者たちがするように、あるいはマチルダが父親から離れるように、父親が抑圧的か危険であれば、子どもたちはその圧制から逃れなければならない。彼らは、恐怖のない別世界を想像し、そこでは草原にそっと花が咲き、墓場からも生命が生まれてくる。他方、『フランケンシュタイン』では、ヴィクターによって「息子」が拒絶されることによって、悲惨な結末が生まれる。彼はクリーチャーを捨てることで、親としての義務を投げ出し、その「子ども」は彼を残酷に扱う世界でなんとか生きのびなくてはならない。最終的に、メアリ・シェリーは、クリーチャーの暴力はヴィクターの責任であることをはっきりさせている。もしヴィクターが彼の「息子」を養育することができていれば、クリーチャーは破壊的な欲動に身を任せることはなかっただろうことを暗示している。

メアリ・シェリーはこれらの三作品で、教育を重要な手段として描いている。しかも正しい教育でなければならない。ヴィクターもマチルダの父親も、彼らが若かったときまともな指導を受けていない。その結果、彼らは自分の衝動を抑制することを学ぶことができなかったが、それによって彼らの子どもたちに壊滅的な事態がもたらされる。よくも悪くも、教育が与える世代間の影響が甚大であることを見せつけている。とはいえ、『六週間』では、反対のことが言える。子どもたちは親から解放され、いったん逃避できれば、自分たちの経験や旅から自由に学ぶことができる。メアリ・シェリーにとって、制限されすぎることも、その制限がなさすぎるのも実害がある。最高の結果をもたらすのはちょうど中間だろう。これが、母親の役割が重要な理由である。子ども、恋人、友人を導き、育て、教育することのできる女性登場人物が明らかに不在であることは、彼女がのちにすべての作品で発展させ続ける主題である。男性の過剰な情念を制限することができ、どうすれば、よい判断力、節度、愛にもとづいたバランス感覚の優れた生き方ができるかを周りの人たちに示せる強い女性たちが必要なのだ。

第5章　『ヴァルパーガ』、『最後のひとり』、『パーキン・ウォーベックの運命』、そして新しい『フランケンシュタイン』（一八二一～一八三一年）

『ヴァルパーガ』、『最後のひとり』、『パーキン・ウォーベックの運命』など、メアリ・シェリーの中期の作品は、彼女自身の名前で発表した最初の小説群である。クララ・リーヴ、スザンナ・ドブソン、アン・ラドクリフ、エリザベス・ロウのような初期の女性作家たちはゴシック小説や歴史小説を書いて評価されたが、まだ男性中心の世界では、女性作家が大成することは依然として困難であった。自分自身の名前で作品を出版することは女性作家にとって常に重要な一歩を意味していた。そして、たとえばジェイン・オースティンはいちどもその選択をしなかったことを踏まえても、メアリ・シェリーのとくに『ヴァルパーガ』、『最後のひとり』、『パーキン・ウォーベックの運命』（『六週間』を除いて）が初期よりも明らかに政治的であり、彼女が自らそれらの作者であると名乗ったことはとくに勇気のいることであったにちがいない。『六週間』で初めて表明したようないくつかのテーマを発展させ、この三作においては戦争や暴政の害悪を描いている。それと同時に、社会的・政治的な改革を阻害するような障害についても強調している。しかし、この三作を自分が置かれた時代、場所から引き離すことによって、メアリ・シェリーはその批判的意図を覆い隠すことができた。『ヴァルパーガ』と『パーキン・ウォーベックの運命』のいずれの小説も舞台は過去に設定されており、それによってメアリ・シェリーは政治的な論点を間接的に示すことができた。同時代の支配者や紛争によって生じた問題を具体的に描くのではなく、歴史上の暴君や遠い過去の戦争によって苦しみがもたらされるさまを詳述している。『最後のひとり』もまた、一九世紀の政治的・社会的な制度に向けられた痛烈な批判となっているが、それはあくまで破滅的な未来というディストピア的なヴィジョンとして描かれるのである。現代の読者によって、メアリ・シェリーの政治的志向は容易に判断できる。歴史小説では、主な女性登場人物であるユーサネイジアとキャサリンは、自由や共同体といったウルストンクラフト的な信条を語っている。たしかに彼女たちは自分たちの目標を達成することはできないが、彼女らが擁護するものは明らかに称賛に値することが示されている。『最後のひとり』では、主人公ライオネルはこれらの考えを支持し、さらに押し広げている。メアリ・シェリーの小説に登場する、成長したり、変化したりする数少ない男性登場人物のひとりはライオネルで、彼は激しい苦悩に耐えている。しかしその苦しみのおかげで、若いころには欠落していた叡智が備わっている。これら三作には明らかに政治的・イデオロギー的なテーマが内在しているが、当時の読者のほとんどがそのことには触れていない。伝統的に女性作家は政治の領域に足を踏み入れてはいけなかった。そのために、メアリ・シェリーの作品は書評家らによく誤解された。批評家たちは、歴史小説である『ヴァルパーガ』や『ウォーベック』を伝奇《ロマンス》とみなし、『最後のひとり』に描かれる終末論的な未来の展望を「病的」「倒錯した」と評した。それは、シェリーが母ウルストンクラフトの急進的なテーマに傾倒していたことを見過ごしていたことになる。

『ヴァルパーガ』（一八二三年）

メアリ・シェリーは最初の歴史小説『ヴァルパーガ』を完成させるのに、二年以上の月日を費やしたが、のちに次のように回想している。まだイングランドで暮らしていたころにその物語の種は発芽していたが、一八一九年に『マチルダ』を完成させて、同年一一月に四人目の子ども、パーシー・フローレンスを出産するまでは小説執筆を開始しなかった。新しい子どもの誕生は、当然クララやウィルマウス〔ウィリアム〕を失った苦しみを消し去ってはくれなかったが、それでも彼女は慈しんで育てられる子どもといるのを心の底から悦んだ。ウィルの死後、五カ月ものあいだ子どもがいなかったことは、彼女の人生においてもっとも苦難に満ちた時期であったと、友人のひとりに書き送っている。

生まれたばかりの赤ん坊によって、たしかに彼女は一条の活路を見いだした。しかしそれでも『ヴァルパーガ』を執筆しようと彼女を突き動かしていたのは、我が子を喪った体験と、イングランドにおける圧制に対する怒りであった。その年の八月に起きた、のちにピータールーの虐殺として知られることになる事件では、議会代表権の拡大を平和的に要求するために、マンチェスターで集会を開いていた六万人の群衆のなかに騎兵隊が突入した。これらの人びとの抗議は、十分正当なものだった。当時の景気が悪くなった経済状況は、労働者階級の人びとに「深刻な困窮」をもたらした。パーシーのソネット、「一八一九年のイングランド」のなかでは、人びとは「耕されていない荒野で飢え死に、刺されて死んだ者もあった」とされている。王は、「年老いて、気が狂い、盲目で、忌み嫌われていた」。メアリ・シェリーにとって、記録に残ったピータールーの六五四人の犠牲者のうち、少なくとも一六八人が女性であったという事実がとりわけ重要であった。改革運動の白色がきわだつドレスを着た人びとは見分けがつきやすかったために、兵士たちの標的にされたのだと事件を目撃した人たちは言った。この暴力行為がメアリ・シェリーの怒りを増幅させ、彼女は自身の新しい著作を改革の信念で満たし、それまでもそうしたように、ある特定の歴史的な設定を持ち込むことで彼女が生きた時代に見いだした問題を批評した。

ウィリアムが亡くなる以前、ナポリにいたメアリ・シェリーは、クララの死を克服するためのひとつの手段として、中世の歴史を読みはじめた。パーシーと一緒にナポリを去ったあとも、彼女は資料を読んだり、史跡を訪れたりして、過去を彷徨することを続けた。調査を続けるなか、マキャヴェッリによって書かれた伝記に登場するカストルッチョ・カストラカーニ公爵なる人物のことを知った。マキャヴェッリは一四世紀のイタリアで、ギベリン（皇帝党）の指導者であったカストルッチョの無慈悲な戦い方を讃えた。ギベリンはゲルフ（教皇党）と内戦状態にあった。しかしフランスの田舎町が制圧されたありさまが脳裏に刻まれたメアリ・シェリーにとって、カストルッチョは危険きわまりない存在であり、ナポレオンのようにカリスマ性はあっても破壊的で、人びとを感化させるが同時に暴虐的であると思われた。メアリ・シェリーは彼の人生をもとに、彼が人びとにもたらした苦しみに光を当て、彼の軍事司令官としての力と、血に飢えた権力の追求という、マキャヴェッリが称賛したまさにそのものを揶揄する小説を書くことにしたのだった。

メアリ・シェリーは、カストルッチョが無垢であった少年期から残酷な暴君へ転落するその人生を辿るところから始めた。『フランケンシュタイン』の怪物と同じように、彼もまた最初から人殺しの「悪魔」であったわけではなかった。彼に対する非道な扱いや態度が、彼を無慈悲な殺人鬼に変えてしまったのだ。一族の政敵によって故郷を追い出された彼は、復讐を誓う。カストルッチョがギベリン（皇帝党）で旧友たちはゲルフ（教皇党）ではあったが、その旧友たちがカストルッチョを自分の城ヴァルパーガに匿ってくれた。そこで彼は伯爵から親切にもてなされ、伯爵の娘である架空の登場人物、ユーサネイジアと恋に落ちる。理性的で自立した意識をもち、ギリシア、ローマの古典教育を受けたユーサネイジアは、これらの精力的な学問探究を通じて、人間は生まれながらにして自由であるという天賦人権と共和制政治を信奉するようになった。そのような女性が一四世紀のトスカーナにいた可能性はきわめて低いが、メアリ・シェリーにとって、カストルッチョと対照をなす女性を生み出すことが、歴史的な正確さよりもはるかに重要であった。メアリ・シェリーがユーサネイジアを必要としたのは、戦争や国家による抑圧的な行為などに表れる男たちの野心が、一般市民だけでなく女性たちにも非常に大きな影響を与えたことを白日のもとに晒すためであった。くわえて彼女は、歴史記述をめぐるロマン主義的な理想に賛同していた。その理想というのは、想像力によって歴史的記録に躍動感が与えられることを読者が求めていたことであり、そうでなければ、過去は無味乾燥で生気のないものと感じられるというものだ。

情熱にかき立てられたカストルッチョはユーサネイジアを追い求め、彼女は結婚に同意する。これは物語のなかで希望に満ちた場面のひとつである。カストルッチョとユーサネイジアの結婚は、ゲルフ（教皇党）とギベリン（皇帝党）の講和の機会をもたらす。結婚すれば、二人が敵対していた派閥を統一し、調和がイタリアの地に訪れるだろう。しかしカストルッチョは、この地を征服するという欲望に突き動かされ、停戦を拒否した。そして、その征服欲はユーサネイジアが治めるフィレンツェにも向けられた。それに対してユーサネイジアは婚約を破棄し、人民の自由を擁護する立場を明確にした。どれほどカストルッチョを愛していたとしても、人びとの自由がなによりも大切であると宣言したユーサネイジアは、彼女自身も、そして彼女の国民もカストルッチョに支配させることを許さなかった。この勇気ある態度によって彼女は、平和と自由の代弁者になるとともに、カストルッチョを阻止せんとする勢力の指導者となった。最終的に、彼女は失敗する。カストルッチョはすぐにゲルフ

（教皇党）の本拠地を陥落させ、ユーサネイジアの育ったヴァルパーガ城を焼き払った。ユーサネイジアが敗北したあと、カストルッチョは彼女をシシリア島へと追放した。航海のさなか、ユーサネイジアの乗った船が沈み、彼女は溺れ死ぬ。

小説の結末に描かれるユーサネイジアの死は、彼女が体現していた力強さにそぐわないものであり、一見、悲観的なエンディングであるように思われる。だが、たとえカストルッチョとの戦いに破れても、ユーサネイジアの生きざまは、この軍閥の長が燃やす野心とは異なる意義深い別の生き方《オルタナティヴ》を提示している。ユーサネイジアは積極的に人びとを鼓舞する指導者としてカストルッチョの権力に挑むが、このように抵抗する力は、その被造物以外ヴィクターと戦える者がいない『フランケンシュタイン』には欠けていたものである。したがって、「彼女が亡くなるとき、地球は変化も感じなかったし、人びとは彼女を忘れてしまった」という語り手の主張は、この小説そのものによって否定されている。ユーサネイジアは、その死によって忘れられるどころか、むしろ架空の人物であるにもかかわらず、『ヴァルパーガ』という小説の紙面で生き続けるのである。この物語は、ある英雄的な女性の生の回復、あるいは復活とさえ言えるだろう。ユーサネイジアの物語を歴史に「還す」ことによって、メアリ・シェリーは美化された戦争を根底から揺るがし、マキャヴェッリの描いた英雄としてのカストルッチョ像を転覆させ、カストルッチョの侵略戦争を残虐な破壊行為として提示している。ユーサネイジアが嘆くように、人びとは故郷を追われ、「しばしば可哀想な子どもたちは亡くなったり、不幸にも傷を負ったりする。その血の一滴一滴が暴君たちの権力よりも価値があるというのに」。

カストルッチョが男性的な野心が及ぼす危険な影響を象徴し、彼が自分の幼少期の苦痛に報復するという脅迫的な欲求にとらわれ、正しい判断ができなくなっているのであれば、ユーサネイジアは、啓蒙主義の改革、平和、統一、調和、そして理性の象徴である。これらはウルストンクラフトが提唱した美徳であり、同時にメアリ・シェリーの小説におけるすべての男性登場人物たちが抵抗するものであり、あるいは彼らによって損なわれてきた美徳でもある。ユーサネイジアは進歩的な考えをもち、統一されたイタリアを夢見ていた。それは、ちょうどメアリ・シェリーが仲間の急進派思想家たちとともにナポレオン戦争の余波のなかで、統一されたヨーロッパを夢見たことに重ねられる。ウィーン会議に集った各国の指導者たちが自由主義的な改革に賛同するだろう、というメアリ・シェリーの期待は打ち砕かれたが、人間の自然権を基盤としたヨーロッパ統一の夢は、その後の作家活動においても彼女を発奮させ続けた。

ユーサネイジアの珍しい名前は、メアリ・シェリーの政治的な理想と結びついている。アンジェラ・ライトは、「ユーサネイジア」は「正しい死」、「気高い死」を意味し、おそらくはメアリ・シェリーが読んだデイヴィッド・ヒュームの小論集、『道徳・政治論集』[*8]が由来であろうと説明している。そのなかでヒュームは、絶対君主制とは「もっとも安楽な死であり、まさにブリテンの政体の命を奪うこと（Euthanasia）である」と書いている。ユーサネイジアを生み出すことでメアリ・シェリーは、暴君の手強い対抗者として、不正義への抵抗を指導する強い女性の存在感がきわだつ物語を書くことができた。しかし、ユーサネイジアの死もまた、物語にとって必要不可欠なものである。というのも、メアリ・シェリーは、男性が愛ではなく野心、家族愛ではなく名声によって導かれるとき、女性や子どもたちにかぎらず、すべての人類がその代償を払わされることを示そうとした。ユーサネイジアの数多くの美徳をもってしてもカストルッチョの権力への欲求を打ち砕くことはできないが、彼女の記憶は、いかなる場所でも自由のために闘う人びとに勇気を与えるものとして生き続けるだろう。

物語の中盤では、メアリ・シェリーは二人目の女性登場人物、ベアトリーチェを導入するが、彼女の悲劇的な運命は、戦争と征服は苦悩を引き起こすものであるという印象をさらに強めている。一二世紀に実在した人物、ヴィルヘルミーナの娘とされるベアトリーチェは、彼女の信奉者たちにとっては聖霊であり、世の女性たちを救済する女性であった。ベアトリーチェもメアリ・シェリーの想像力が生み出したひとりである。ヴィルヘルミーナのように、ベアトリーチェもまた信奉者たちから救世主であると信じられていたが、彼女は異端審問で迫害される。彼女は同情的な聖職者たちの助けを得て逃げ出すが、カストルッチョと恋に落ちてしまう。ユーサネイジアとは異なり、ベアトリーチェは理性にもとづいた教育という恩恵にあずかっておらず、結果として、彼の情熱に抵抗できるほど自律していない。教会の「迷信」に影響を受けながら育った彼女は、自分の感情と夢想に翻弄されるがままである。カストルッチョの残酷さに気づくことができないまま、彼にその身を預け、自己の感覚を失ってしまう。ついに彼に見捨てられてしまった彼女は、卑劣な神父に捕えられ、監禁され陵辱される。

高潔なユーサネイジアは、ベアトリーチェがカストルッチョを愛していることを知りながらも、彼女を苦しみから救い出す。伝統的な恋愛小説であれば、この二人は互いに敵対したであろうが、メアリ・シェリーの小説では、二人の友情はカストルッチョへの想いよりも優っている。実際、彼女たちとカストルッチョとの恋愛物語がそれぞれ成立しないのは、この小説におけるもっとも重要な点のひとつである。登場人物としてのカストルッチョはあまりに独善的であり、そして暴君でもあり、いずれの女性も彼を血塗られた道から抜け出させることができなかった。ユーサネイジアの理性と平和への訴えかけによっても、またベアトリーチェの美しさや神秘主義によっても、彼は抑制されなかった。

二人は、自分たちの苦しみや、それによって知り得た真実によって、互いに引き寄せられ、保護しあった。ベアトリーチェはユーサネイジアほど強くないため、カストルッチョから彼女を救い出すことはできない。しかし、ほかのやり方でケアすることはできる。アンジェラ・ライトが指摘したように、ユーサネイジアがベアトリーチェに彼女が耐えた拷問について話してほしいと頼むと、ベアトリーチェはユーサネイジアを傷つけないように、いくらか情報を省いて語っている。マチルダと同じように、彼女は自分が経験した暴力に執着することはしない。何を語るかを自分で制御する彼女は、自分たちが経験した恐怖が聞き手に「血の凍るような」激しい不快感を引き起こすだろうことを十分承知していながら、細部にわたるまでその身の毛のよだつ話を語り聞かせる、ヴィクター・フランケンシュタインやウォルトンのような人間とは一線を画している。

ユーサネイジアは彼女自身とベアトリーチェの、あるいは語られることのなかったかもしれない物語を書き残しておく。ユーサネイジアを創造したメアリ・シェリーやマチルダもそうだが、ユーサネイジア自身は書き手であり、彼女の「個人的な年代記」は『ヴァルパーガ』の起源であるとされている。このような小説／虚構《フィクション》がもたらす奇跡を通じて、メアリ・シェリーは「ユーサネイジアの記憶をとどめている」。それによってユーサネイジア個人の物語だけでなく、ベアトリーチェの物語も、そして抑圧されながらも互いに支え合ったこの二人の女性の物語を生かし続けている。

二人の女性登場人物を創造することで、またヴィルヘルミーナに言及することで、メアリ・シェリーは母が掲げた理想を喚起することができた。それによって、マキャヴェッリと彼の後継者たちの軍国主義的な価値観に対比させることができたのだ。ベアトリーチェは比較的脆弱な存在として描かれているが、ベアトリーチェと彼女の母ヴィルヘルミーナはやはり重要な登場人物である。というのも、彼女たちこそが、教会の家父長制が女性を虐待し、彼女らの力を奪ってきたというメアリ・シェリーの考えを象徴する存在であるからだ。神秘的な夢想に没頭し、豊かな想像力に身を委ねるよう訓練されてきた彼女は、ユーサネイジアのように理性的な生き方を選択することはできないが、それでもユーサネイジアと絆を育むことができる。その連帯は、あの「偉大なる」軍閥の長とのあいだにそれぞれ築くことができた関係よりはるかに強力なものである。つまるところ、ユーサネイジアとベアトリーチェを小説の中心人物に据えることで、メアリ・シェリーは歴史的記録を拡張し、注釈を加え、疑問を投げかけることができた。虚構《フィクション》の世界は、従来、年代記や公的な記録にはその声が不在である女性たちの視座を取り入れる唯一の方法であった。

『ヴァルパーガ』が出版されたとき、メアリ・シェリーは自身の急進的な政治性のために非難されることを覚悟していた。それは、女性登場人物たちの視点に埋め込まれていたのだ。しかし批評家たちは、この小説執筆へと彼女を駆り立てた諸思想を摑み損ねていた。すなわち、専制政治への批判や改革の提唱、女性どうしの連帯と教育の賛美、軍の指導者が体現する権威への渇望に抵抗する恐れ知らずの指導者としてユーサネイジアを描いたこと、これらすべての思想である。その代わりに、彼らはユーサネイジアを女性的な美徳の理想像として評し、他方、カストルッチョを拒んだユーサネイジアを描いたことを非難した。『ザ・リテラリー・ガゼット』の書評者は、「女性の本性においては、愛国心は愛ほど強い感情ではないようだ」と断じた。また、メアリ・シェリーの小説の新規性を称賛することもなかった。その革新性とは、実際には悪役の「英雄」に抵抗しながら、互いに連帯する二人の「ヒロイン」を創造することによって、歴史小説の定石を転倒させたということである。

しかし実は、メアリ・シェリーはカストルッチョのなかに新たな怪物を創り出していた。今回の怪物は、見た目は美しくとも、凄まじく残忍であることに違いなく、『フランケンシュタイン』の怪物のように、子どもたちの命を奪う暴君的な男性である。そして彼女はまた、女性の抵抗者としてのヒロインも生み出した。彼女は相手の軍事的な勝利を阻止することはできなかったかもしれないが、それでも別の道筋、歴史が向かっていく別の方向性を示すことができた。虚構《フイクシヨン》を通して、メアリ・シェリーは従来の歴史叙述に対する批判を、男性的な「ヒロイズム」に対する批判と同様に提出することができた。メアリ・シェリーは『フランケンシュタイン』のときからさらなる進化を遂げていた。ユーサネイジアはカストルッチョの侵略を止められはしないが、メアリ・シェリーは物語におけるユーサネイジアの重要性を強調し、カストルッチョの戦争主導の政治と彼女の理性による政治を、そして暴力の政治と平和の政治を対置させている。研究者のベティ・T・ベネットが論じているように、『ヴァルパーガ』の結末でさえ、閉じられているというより「開かれて」いる。それは、「循環的」であり、歴史が波状的に展開し、いかなる行動もそれが抵抗であるのなら無駄にならないことを示唆している。したがって、カストルッチョは歴史のある特定の時点ではユーサネイジアに勝利したが、彼の征服が一時的なものであることをメアリ・シェリーは強調する。彼もまた死に、その王国は崩壊し、それがまた別の抵抗の運動へと続き、新たな改革の機会が得られ、次は勝利に導くかもしれない、別のユーサネイジアへと可能性が開かれる。

結局のところ、『ヴァルパーガ』は、メアリ・シェリーによる最初の二つの小説とは著しく異なっていることを示している。『フランケンシュタイン』のディストピア的な世界観において、もっとも力のある女性登場人物、マーガレット・ウォルトン・サヴィルは表舞台には登場せず、そのほかの女性たちは（サフィーを除いて）殺害されている。怪物に好ましい影響を与えたかもしれない女性のクリーチャーでさえ、ヴィクターに破壊されてしまう。『マチルダ』では、ヒロインは父親に反抗することはできているが、彼女の生き方は彼によって制限されるだけでなく、定められてしまう。『ヴァルパーガ』になってようやく、メアリ・シェリーは暴君に立ち向かう女性登場人物を思い描くことができた。ユーサネイジアはカストルッチョとの戦いに負けたかもしれないが、カストルッチョの暴虐ぶりと残酷さは歴史において糾弾の対象とされ、他方、ユーサネイジアの勇敢さ、高潔さ、そして平和と自由への献身は人びとに霊感を与え続けるのだ。さらに言うと、『ヴァルパーガ』はマキャヴェッリの政治哲学がもたらす苦悩を描いた小説のひとつである。それまでもマキャヴェッリの手段を選ばないやり方は厳しく非難されることは多かったが、メアリ・シェリーは彼のような指導者たちによる残虐行為や、それによって引き起こされる状況を想像し、詳述した。カストルッチョは、彼の帝国を強固にするために愛する者たちを裏切る。彼は敵対者を容赦なく殺す裏切り者である。ヴィクター・フランケンシュタインのように、はかり知れない野望を抱き、愛する者の抗議には耳を傾けず、「名誉、名声、支配」を追い求める。他方、メアリ・シェリーは、ユーサネイジアのなかに自由の旗手を見いだした。この女性はいかに暴政に立ち向かうべきかを、抗議する者たちの前で実践してみせ、自由を勝ち取るため、結婚を断固として拒否したのだ。ウルストンクラフトの理念を体現したユーサネイジアは、急進的な改革の可能性を象徴している。

　メアリ・シェリーが『ヴァルパーガ』の完成に向けて作業を進めていたころ、先行きが暗い世界にいることを裏づけるようなニュースが知らされた。彼女やほかの自由主義者たちが権威主義的な愚者として見下していた、戴冠したばかりのイギリス王ジョージ四世が、妻のキャロライン王妃をただ嫌悪しているというだけでイングランドから追放してしまったのだ。メアリ・シェリーはイングランドの急進運動の象徴的指導者として王妃を称賛していたが、彼女が夫の気まぐれで追放させられるとしたら、すべての女性が、すなわち王妃ですら、いかに男性たちに翻弄されていたか、またいかに自由が独裁政治の犠牲となっていたかが明らかになるだろう。世界は自分が書く小説を必要としていることとを、メアリ・シェリーは確信した。母親が『女性の権利の擁護』によって始めた闘いを、彼女が引き継がないわけにはいかなかった。女性だけにかぎらず、すべての人びとの権利のために。いわば文壇のユーサネイジアとなって、改革、教育、平和、そして独立の大義を推し進めるために自分の文章を使うことが、彼女の責務であった。

パーシーの死

しかし、メアリ・シェリーの人生は大きな転機を迎えようとしていた。一八二二年、出版のために『ヴァルパーガ』の原稿をイングランドに送ったのち、ふたたび悲劇が訪れた。今回はすべてを転覆してしまう。そして、彼女は思いもよらない道を歩むことになるのだ。

クララとウィルマウスの死後、メアリ・シェリーとパーシーはますます疎遠になっていた。パーシー・フローレンスが生まれたとき、メアリ・シェリーは家にこもって、ほとんどの時間『ヴァルパーガ』を執筆していたが、パーシーはといえば、自分でいくつもの計画を立ててそれに専念し、おそらくほかの女性とも関係をもっていた。二人はまだお互いの作品の最初の読み手であったが、メアリ・シェリーはパーシーが自分たちの子どもたちの死を十分に深く悼んでいないと感じていた。パーシーは彼女が自分に厳しすぎると思い、友人たちにも彼女は冷淡で批判的だと愚痴をこぼしていた。二人の緊張関係はしだいに高まっていったが、その関係も一八二二年七月八日に突如として終わりを迎え

図版7　カーサ・マーニ

た。

その夏、メアリ・シェリー、クレア、パーシーは、暑さから逃れるために友人のジェインとエドワード・ウィリアムズとともに、それまで住んでいたピサからスペツィア湾へと移り住んでいた。バイロンも、そこからさらに海岸を南下したところに家を見つけた。五度目の妊娠をしたメアリ・シェリーは、友人のマライア・ギズボーンへの手紙でこのように書いた。「私はずっと神経が昂っていて苛立って限界にきていた。……言葉では言い表せないほど、私はこの家とこの国が嫌いだった」と。

このカーサ・マーニという家は、汚れた白い壁に囲まれたくさび型の大きな別荘で、石が多くて丘の坂が急な小さな町から隔てられていた（図版7）。

もともとボートハウスだったカーサ・マーニは海に面していた。ときおり、海水が小さな石壁を伝って一階まで浸水したが、そのことでパーシーは高揚し、メアリ・シェリーは恐怖した。波が打ち寄せない場所はなかった。

暑さのなか町へ歩いていくことは不可能で、疲れている妊婦にとってはなおさらであった。メアリ・シェリーが嫌っていたものすべてを、パーシーは愛した。それらは、隔離された状況、荒涼とした海岸の風景、人里離れた淋しい土地などである。彼は泳げなかったが、ヨットに情熱を傾けていた。退役海軍のエドワード・トレローニーという新たな友人を雇い、新しいボートの建造を監督させた。カーサ・マーニにボートが届けられると、パーシーは幼子のように喜んだ。パーシーはボートを「アリエル」号と命名し、ほとんどの時間、その装備をいじってはボートを走らせたり、そうでなければ、マストに寄りかかって詩のアイディアをノートに書き留めたりして過ごした。しかし、バイロンのボートがより大きく、より速かったために、彼が湾に入ってくるとパーシーの気分は沈んだ。常にバイロンに対抗心を燃やしていた彼は、自分の船のマストを長くしようと計画した。経験豊富な船乗りであれば、「アリエル」号には大きな帆を張るのに必要な竜骨（船首と船尾をつなぐ重要な材）の深さがないことを知っていただろうが、パーシーは自分の船をバイロンの船より速くすることしか考えていなかった。

メアリ・シェリーはこれらの成り行きを見ながら、不吉な予感がしていた。彼女はしだいに具合が悪くなり、六月一六日に目を覚ましたときには血を流していた。パーシーが助けにきて、彼女を氷風呂に入れて命を救ったが、子どもの命は失われた。過去の喪失と悲しみに、また新たな喪失と悲しみが加わった。彼女は何日も起き上がれないほど衰弱し、パーシーにそばにいてくれるよう懇願したが、彼はじっとしていられない様子で、湾を渡ってバイロンを訪ねると言い張った。表向きには、パーシーがバイロンやほかの友人たちと創刊しようとしていた新しい文芸誌『リベラル』について相談するためと言ったが、それは改良が加えられた新しい船を披露するためでもあった。

メアリ・シェリーとジェイン・ウィリアムズは、七月一日に夫たちが出航するのを見送った。メアリ・シェリーはのちに、夫の旅立ちに「耐える」なんてできず、「彼の出発前に血涙を流した」と語っている。パーシーは一週間以内に戻ると約束したが、七月八日が過ぎても夫たちは戻らなかった。日がたつにつれ、何かが起きただろうことがはっきりした。七月一九日、ついにパーシー、エドワード・ウィリアムズ、そして彼らが臨時で雇っていた一八歳の少年の遺体が海岸に打ち上げられた、との知らせがあった。どうやら、八日に嵐が吹き荒れたらしい。そのとき船は、カーサ・マーニ近くの保護された区域から少なくとも四時間以上離れた沖合約一〇マイルにいた。船のお粗末な設計については誰も責めなかったが、トレローニーは罪悪感をおぼえていたようで、海賊がパーシーとエドワード・ウィリアムズを襲ったという嘘の話をでっち上げた。だが、この話は立証されていない。船が沈没した理由のひとつが全体的な不適航性であったことから、その嘘は免責されたいというトレローニーの願望から生じたようだった。

メアリ・シェリーの哀しみはあまりに深く、埋葬の詳細を差配することができなかったため、トレローニーに演劇的な葬送を実行することを許してしまった。彼は二人の遺骸のために火葬場を用意し、エドワード・ウィリアムズを八月一五日に、パーシーを八月一六日に火葬した。メアリ・シェリーはこの出来事に立ち会うことができなかった。そしてトレローニーはそれを、彼女がパーシーの愛に値しないことの根拠にした。しかし、この光景はバイロンでさえ見るに耐えないものであった。結果的に、トレローニーはひとり火葬場で立ち会うことになったが、このことがあって、知り合って一年しかたっていなかった彼に、自分こそがパーシーの真の友人であることを確信させることとなった。パーシーの遺体が「開いたと感じた」こともあり、「心臓が〔外に向かって〕露わになった」と、トレローニーはのちに述懐している。彼はパーシーの心臓を炎から取り出したが、メアリ・シェリーがその心臓を譲渡されるに値するほど悲嘆に暮れているようには見えないと考え、パーシーの友人、リー・ハントに贈ったのだった。しかし、メアリ・シェリーは、どんなときも自分のなかに閉じこもることで悲しみを克服していた。そのため、彼女をよく知らない人には感情的に動じていないように見えた。彼女は日記のなかで、自分を無感情だと責める人びとの非難にこう答えている。「心が冷たいなんて！　私には冷たい心しかないというの。私のことなんて知らないくせに！……少なくとも私の涙は熱いのだから」。幸いなことに、ジェイン・ウィリアムズが仲裁に入り、パーシーの心臓をメアリ・シェリーに譲渡するようハントと交渉し、彼はそれに同意した。しかし、この諍いは、トレローニーがのちに回顧録でメアリ・シェリーに対する批判を公にするという展開を予感させるものであった。二人はパーシーの詩の出版やその他の問題をめぐって論争を繰り広げたが、もしトレローニーの否定的な意見がメアリ・シェリーの死後の名声を損なっていなければ、歴史をふりかえってこれらの論争も問題にはならなかっただろう。

トレローニーの策略を知らなかったメアリ・シェリーは打ちのめされ、罪悪感に苛まれた。パーシーが亡くなる数週間前から彼に冷たく接し、そして怒っていた。しかし、いまとなっては自分を許すことができなかった。「私の人生で完璧だったかもしれないものすべてが、ついに奪われてしまった」と、彼女は八月一五日に友人マライア・ギズボーンに手紙を書いた。二四歳という年齢でメアリ・シェリーは未亡人になってしまった。彼女には、たった一人生きのびた男の子がいた。傷心の彼女は、パーシーにしたことを償うため、彼の作品を出版し、その人生を語ることに生涯を捧げようと決心した。しかし、現実的な問題が彼女の計画を邪魔した。パーシーの死後、彼の父サー・ティモシーからの仕送りが突然途絶えたのだ。パーシーの伝記を書いたり詩を出版したりする前に収入が必要だったため、彼女はその資金を増やそうと、『リベラル』誌に「情念の物語」と二つの伝記的エッセイを寄稿した。『ヴァルパーガ』は一八二三年に出版され、『フランケンシュタイン』の再版が刊行されたが、これらの出版物は大した収入にならなかった。そこで、彼女は不本意ながらティモシーに手紙を書き、援助を求めるしかなかった。

この手紙を書くことは容易ではなかった。というのも、サー・ティモシーが彼女を憎んでいることを知っていたからだ。パーシーと駆け落ちして以来、メアリ・シェリーにとって彼は不倶戴天の敵であり、実際、二人の結婚を無効にしようと裁判まで起こしていた。メアリ・シェリーは、ティモシーも孫のことを思えばいくぶん心も和らぐだろうと期待したが、彼は彼女がイングランドに戻って、息子〔彼にとっては孫〕をシェリー家に引き渡さないかぎり、彼女を助けないという立場を崩さなかった。彼女はパーシー・フローレンスの親権を譲ることを拒否した。それでもロンドンに戻ったのだった。そこで、依然としてティモシーは子どもを引き渡さなければ経済的な援助をしないという断固とした態度を崩さなかった。けれども、すでに三人の子どもを失い、男性の暴政に対する女性の勇敢な抵抗を想像して小説を書き上げたばかりのメアリ・シェリーである。ユーサネイジア同様、彼女も優れた対抗者であり、優秀な弁護士を雇った。一八二三年一一月、彼女はシェリー家の財産からわずかな手当てを勝ち取ったが、それと引き換えに、パーシーの作品を出版しないことや彼について何も書かないことに同意させられたのだった。もしこの規則を破れば、彼女は一銭ももらえなくなる。さらに、メアリ・シェリーには借金があり、もし息子を養うことができないことがティモシーに発覚すれば、子どもの親権を奪われてしまうだろう。それはメアリ・シェリーがもっとも恐れていたことであった。

サー・ティモシーによる金銭援助は多少は助けにはなったが、メアリ・シェリーが自身で稼がなくてもよくなるほど潤沢ではなかった。そのためにも出版業界とつながっている必要がある、つまりイングランドにいなければならないだろうと悟った。母親のウルストンクラフトを含め、ほかの女性作家たちは自立できるだけの収入を得ていたが、彼女自身は苦戦を強いられるだろうことがわかっていた。保守的なイギリス社会では、女性は自立して生きるべきではないと考えられ、彼女は日記に、自分は「保護されていない」、攻撃されているとさえ感じることがあると記した。同じリベラルな価値観を共有していたパーシーやバイロン、友人たちの世界に安住していた昔の生活を懐かしみながらも、生きていくために働かなければならないことを理解していたのだ。そして、驚くほど効率よく短編や記事を量産しはじめた。メアリ・シェリーの父親は、長年パーシーに金銭的支援を受けていたが、娘の彼女にも援助し続けてもらいたいという意志を明らかにしたため、彼女はそれなりに報酬の高い媒体に寄稿し、そこで得た収入のなかからゴドウィンにできるだけ多くの金額を渡した。長く名声を得てきた作家で政治思想家の彼を、シングルマザーである娘が支えなければならないとゴドウィンが考えていたことの皮肉《アイロニー》に、彼は（そして彼女も）気づいていなかった。ゴドウィンにとって、自分の著作は歴史に残るほどの重要性をもち、彼の執筆を妨げるものは、すなわち生活苦などは決してあってはならない。彼を崇拝するよう教育されたメアリ・シェリーもそれに同意した。よりよい世界を築くためには、父親の書物は推奨され、育まれ、支持されなければならないのだ。

自分と家族の生活費を得るのに苦労してはいたが、作家としての名声は高まっていった。彼女が海外にいた間に『フランケンシュタイン』は舞台化され、芝居好きの人びとのあいだで人気を集めていた。ライシアム劇場で上演された舞台を観劇したとき、抗議集団が劇を非難するプラカードを掲げて外を行進していたが、それでも劇場に詰めかけた観衆を止めることはできなかった。メアリ・シェリーは、上演された自分の物語をこれほど多くの人が観にきていたことを誇りに思い、友人に「有名になった」と手紙を書いた。皮肉なのは、この劇の上演によって彼女は一切利益を得ていないことだ。それだけではない。彼女のほかの作品に依拠した舞台が上演されても収入にはならなかった。一九世紀イングランドでは、劇作家たちは、小説から翻案しても作者にその功績《クレジット》を帰する必要はなかった。そのうえ、彼らは原作の物語に忠実である義務を負うことはなかった。『フランケンシュタイン』の舞台化はプロットを単純化する傾向があり、メアリ・シェリーが描いた多面的なクリーチャーは、見捨てられた子どもと復讐心に駆られた殺人者が複雑に絡み合った存在というより、悪の権化に変えられて登場することが多かった。もうひとつの不思議な展開というのが、メアリ・シェリーの傲慢なヴィクター・フランケンシュタインが人びとの意識から完全に消え去ったことである。一八四〇年代にはすでに、フランケンシュタインという言葉は、怪物と同義語になり、メアリ・シェリーの名前が、その殺人鬼と結びつくようになっていった。

やがてさまざまな月刊誌で書き手としての信頼を勝ち得るようになると、メアリ・シェリーはサー・ティモシーの勧告を破り、パーシーの作品を匿名で刊行しようと決めた。この企画が当初よりはるかに複雑な作業を要するとわかっていても、夢中になって取り組んだ。パーシーは決して几帳面な人間ではなく、原稿は乱雑に置かれているだけであった。彼は紙切れや封筒の裏に書いていたのだ。多くの詩が別々の紙に書かれていたため、新しい詩がどこから始まって、古いものがどこで終わっているのかを判断するのが難しかった。それぞれの紙切れに書かれていたこれらの詩は、木々や帆船を落書きしていて読みづらくなっていた。

パーシーの原稿に目を通すことで、メアリ・シェリーは悲喜こもごもの気持ちを経験した。この作業は彼女にパーシーと交信し続けている感覚をもたらしたが、彼の不在を深く悟らせることにもなった。彼女は悲痛な気持ちにはなったが、それでも彼が指し示していると思われる加筆や削除をおこなっていった。そして確定版を選び取り、あちこちに散在していた文をつなげていった。幸運にも、彼女が作業していた原稿のほとんどがかつて目にしたことのあるものだった。ほどんどの下書きについてパーシーと話し合っていた。二人は最後まで共同制作者だったのだ。とはいえ、メアリが初めて読む詩もあった。こういう詩の多くは、彼の人生に彼女がいないことや、彼が孤独であったことを嘆き悲しんでいた。そうでなければ、彼女を犠牲にしてほかの女性を讃えていた。これらの詩を読むのは辛かったが、多くの人に彼のもっとも優れた作品を読んでほしかったことから、それこそ称賛に値する無私の精神によって、これらの詩も収録したのだった。

メアリ・シェリーはパーシーの原稿を半年かけて解読した。おそらくもっとも知られていないことだが、彼女は注目すべき偉業を成し遂げたのだ。それは、彼女の取り組みがなければ存在しなかったであろうパーシー・シェリーの作品のまとまった全集である。匿名で序文を書き、そこにはパーシーを精神界の霊《エセリアル・スピリット》、芸術家として褒め讃えた。彼が「人類の道徳的・身体的な状況」について「静かで毅然とした情熱」をもっていたこと、それが生前に、彼が「人びとの憎悪に追いかけられた」理由であったことを、彼女はよくわかっていたが、彼のその悪名高い急進主義、無神論、そして政治改革の訴えについては省いておいた。これは、シェリーの詩が一般読者にも魅力的に感じられるようにという配慮であったが、それはサー・ティモシーの怒りを宥めるためでもあった。

一八二四年六月には、『遺作詩集』を五〇〇部刊行した。この本は、サー・ティモシーが耳にするまでよく売れた。彼は証明こそできなかったが、誰がこの刊行の背後にいたのかを知っていた。ティモシーは出版社にすべての売れ残った詩集を回収するよう強要した。しかしながら、パーシーの作品が読者に行きわたるというメアリ・シェリーのヴィジョンを妨げるには遅すぎた。この本は友人たちのあいだでも広く読まれ、パーシーの詩人としての評価も高まっていった。それとともに、この厳しい世界にはあまりに善なる存在で、あまりに穏やかな魂をもつパーシーという新しい詩人像もまた広がっていったのだ。

『最後のひとり』（一八二六年）

メアリ・シェリーがパーシーの『遺作詩集』を準備している間に、彼女はさらに悲しい知らせを受け取った。バイロンがオスマン帝国からの独立戦争のためにギリシアに赴き戦っていたのだが、マラリアに罹って亡くなったのだ。イギリスの聖職者がバイロンの遺骸をウェストミンスターに埋葬することを拒んだため、彼はニューステッドの近くにある家族の地下埋葬室に安置された。メアリ・シェリーは埋葬がおこなわれる様子を、彼女が借りていた別荘の窓から見ていた。彼女にとって、バイロンの死は時代の終わりを告げたようだった。彼女は日記に、「サヴァイヴァーだ。とうとう最後のひとりになってしまった！　そう、私は孤独な人間の気持ちを綴ったほうがいい。私の目の前で死んでしまった仲間、愛する仲間たちの最後の生き残りと感じている自分の気持ちを書かなければならない」と記した。悲しみと傷心に駆り立てられるように、メアリ・シェリーの次作は、日記の言葉、つまり『最後のひとり』（*The Last Man*）を物語にしたものとなった。

多くの死者を見送った苦しみ、人生における劇的な変化を経たメアリ・シェリーの文学的な狙いは、

『ヴァルパーガ』の作品より広がりのあるものになっていた。彼女はまだ改革の信念に熱心であったが、その先にあること、すなわち世界が破滅し、人類が絶滅する瀬戸際に立たされていることを自身が感じていたことについて書きたいと思った。『最後のひとり』の序文で、メアリはパーシーとともに訪れたナポリにあるクーマエの女預言者シビュラの洞窟で、彼女と「友人」が見つけた木の葉に書き残された物語を解読したことについて書いた。自分こそがこの物語を書いたと主張することで、彼女は、ほとんど自分で編集し執筆した最初の著書『六週間』と、『最後のひとり』以前の女性の編集者たち、すなわちマーガレット・ウォルトン・サヴィル、マチルダ、ユーサネイジアと自分自身を結びつけている。彼女らはみな、自分たちが語る物語の構成者であり、記録者でもあった。

この著者が介入するのは、つまりメアリ・シェリーが『最後のひとり』のなかに登場するのは一瞬のことであったが、その彼女の登場は重要な瞬間であった。一方、木の葉の「発見」は彼女が手がけた小説と同様に作り話《フィクション》によるものであったが、同時に木の葉の「発見」は想像力豊かな小説の始まりを告げる有効な序文になっている。というのも、『最後のひとり』は遠い未来、すなわち二〇七三年と二一〇〇年に物語の終始点を置いており、語り手であるライオネル・ヴァーニーを除いて、すべての人の命を奪う感染症の世界的大流行の成り行きを追っているからだ。メアリ・シェリーはこの著者の割り込みという考えについて、数年前にパーシーが亡くなったあと、リベラル派の権利のために執筆した評論のひとつである「ジョヴァンニ・ヴィッラーニ」で探究していた。この評論のなかで、作者が直接的に読者に語りかけるとき、「心の琴線」を目覚めさせることができる、と彼女は説明している。それは、作者によって直接語られなければ聞き逃していたであろう声である。同時期に執筆されたほかの作品「幽霊について」で、設定と情景は小説のなかに超自然的な描写を生み出すときに不可欠な要素である、と彼女は主張している。自身の主張を論証するために、彼女は「友人（パーシー）を失い」、嘆き悲しんだ経験と、彼を最後に見た家を訪れたことを作品に書いた。興味深いことに、彼女はパーシーの霊との遭遇自体よりも、家自体を描写することに多くの時間をかけた。段落の最後になって初めて彼女は、「何かはわからないが、何かを聞き、感じたと思った。確かなのは、私が震えていたということだ」と言う。

『最後のひとり』のなかで、メアリ・シェリーは彼女自身の立場を「編集者」として伝えたが、彼女はこれを小説の舞台を未来に設定するだけでなく、物語を超えた自らの権威を主張するためにおこない、木の葉に書かれた文章を解読するのはとても難しかったので、その努力なしに小説は存在しなかっただろうと語った。それゆえ、ライオネルの話を操る見えざる手となっているのは彼女であり、彼女が話に再入することはないが、小説のなかに彼女が残す徴は明確である。すなわち『最後のひとり』を、語り手の物語というよりむしろ「彼女の」物語として切り取った。そしてそれは、彼女自身による小説家として初めての唯一の主張になった。

『最後のひとり』は、『フランケンシュタイン』と『ヴァルパーガ』と同じ話の筋にしたがっているようにみえる。カストルッチョと『フランケンシュタイン』のクリーチャーのように、ライオネルは怒り、彼の家族に対してなされた過ちのための復讐を夢見ている。しかし、前者の登場人物とは異なり、彼は逆転を経験する。彼は自分の家族を傷つけたと信じている皇太子、エイドリアンを嫌悪することを決め込んでいたが、ライオネルとエイドリアンが出会ったとき、ライオネルはエイドリアンの理想主義に圧倒される。パーシーをモデルにしたエイドリアンは、多くの詩的な美徳と政治的理想を体現している。彼は、イングランドをメアリ・シェリーが理想とした共和制国家へと変えることを試みて王の座を放棄した。ライオネルはエイドリアンの正義への献身に感化され、エイドリアンにしたがい、他者に身を捧げる。一方で、時がたつにつれ、エイドリアンがときどき行き過ぎた理想主義に陥ることも学ぶ。ときおり、エイドリアンは理想と空想が彼自身を圧倒するとき、現実に対して盲目になる。

もうひとりの重要な男性登場人物であるレイモンド卿は、エイドリアンと対照的な人物として登場する。バイロンをモデルにしたレイモンドは野心的で高貴な人であり、ギリシアがトルコからの独立を勝ち取ることを助けたことによって名声を得る。エイドリアンとは対照的に、レイモンドは権力の座に就くことを夢見るが、彼は一時的に自身を抑制する。なぜならレイモンドはライオネルの妹との恋に落ち、彼女と結婚するからだ。友人らは田舎での平穏な一時滞在を満喫するが、レイモンドはエイドリアンのように哲学的規律にしたがうどころか、衝動的で感情的であり、この彼の性質が自らの破滅の原因となる。君主制が廃止されたとき、彼はイングランドの護国卿になる代わりにギリシアで起きている戦争に戻り、トルコによってかけられた罠だった爆発によってギリシアで亡くなる。

ほかにも小説を貫くサブプロットがいくつもあるが、小説の後半はヨーロッパとアメリカに急速に広がるパンデミックの顚末に焦点が当てられている。アメリカから来た生存者は、アイルランド、スコットランド、イングランドを略奪する。天候は終末論的な意味をもつようになる。黒い太陽は大混乱を引き起こす。海岸沿いの町は高潮によって氾濫する。フランスでは偽物の救世主が台頭し、信者たちを奇妙な狂信的宗教へと導く。ライオネルとエイドリアンと彼らの友人たちは一時的にスイスへ逃れるが、スイスでも感染症が確認されると、彼らはギリシアへ向けて航海を始める。しかし、突然の嵐が彼らの船を飲み込み、エイドリアンは溺死する。ライオネルは岸まで泳ぎ続けて、ラヴェンナの浜辺に辿り着くが、生きているものに一人も出会うことがない。道中で出会う唯一の旅仲間である牧羊犬とともに、ローマへ続く道を行く。

ライオネルが到着したローマには誰もいない。そして、彼は、ローマでひとり孤独に一年を過ごし、文明の運命について考え込み、完全に正気ではあったが悲しみに沈み、彼が若いころに想像し得たよりもさらにひどい痛みに耐えることで自分を満足させる。小説全体を通して、彼はエイドリアンかレイモンドか両極のいずれかになることを否定することを学んだ。彼はエイドリアンのように理想主義的ではあったが、現実を把握することができる。彼はまた、レイモンドのように感情に動かされることはあるが、行動を自制することもできる。したがって、彼は自身の運命に対して激昂しない。また彼は、理想や願望に裏切られることもない。彼は現実の状況に直面するとき、メアリ・シェリーのこれまでの作品に出てくる男性登場人物やライオネル自身が若かったころとは違い、泣いたり怒ったりを経験する代わりに悲哀を経験することができる。初めに彼は「少女のよう」になるという自己認識を感じ取る。しかし、最終的に彼はカストルッチョよりもユーサネイジアのようになり、深い真正の感情をもつ能力を備えるようになる。苦しみは彼を変容させ、彼の魂を救済する。男性と女性とのあいだにあった従来の境界線はあいまいになり、彼はほかの生存者を見つけるために航海を始める。

その未来の恐ろしい（そして先見性のある）ヴィジョンにもかかわらず、『最後のひとり』は成長と変革の可能性を示している。そしてそれは、男性登場人物が人生の航路から影響を受けることのなかった、メアリ・シェリーの初期の作品には欠けていたものである。ライオネルは生きのびる。なぜなら、彼は自分自身を変えていくことを可能にした唯一の登場人物であるからだと、彼女の物語は示している。冒頭で、すでにライオネルは復讐を夢想することを選択肢から外している。これは、カストルッチョやフランケンシュタイン、そしてフランケンシュタインのクリーチャーにはできなかったことである。そして、怒りではなく悲しみを噛み締めることを学んでいく。メアリ・シェリーが描く「生存者」たちがそうしたように、彼もまた世界滅亡に対する恐怖を克服していく。彼はそれを自分自身についての物語を書き留めることによってなしえた。全員が女性であった初期の登場人物たちとは異なり、ライオネルは未来を生きることができている。マチルダは自殺し、ユーサネイジアは溺死し、マーガレット・ウォルトン・サヴィルの運命は明かされていないが、ライオネルは冒険を開始している。もちろん、そのような殺伐とした小説において、このような冒険の出発を輝かしい瞬間と捉えることは難しいが、ライオネルの賢明さは、小説の最後には希望を指し示している。彼は世界を破壊した大災厄をめぐる理性的な視座と倫理的な立場を獲得するのだ。「孤独な人間は本能的に彷徨者となる」と、彼はローマから立ち去る準備をしながら熟考する。「自然の力が見せるあらゆる事象をこの目で見るのだ——虹には吉兆を——雲には脅威を読み取ろう——あらゆるもののなかに、私にとって大切な教訓や記録があるだろう」。最終的にライオネルが経験し尽くしたのち、自分は世界のすべての兆候を読み取ることができるだろうと宣言する。

『最後のひとり』が一八二六年一月に出版されたとき、その反響は圧倒的に否定的であった。批評家たちは、メアリ・シェリーの作品があまりに暗澹としていると訴えた。進歩が称揚された時代に、『最後のひとり』に表現された悲観主義は耳障りに感じ取られたのだろう。人類は惨禍の淵に立っているとメアリ・シェリーはほのめかしたが、この小説を読んだ批評家たちは、いったいどのような女性がこの悪夢のような物語を思いつくのだろうかと思いめぐらせた。サー・ティモシーはあまりの悍《おぞ》ましさに、メアリ・シェリーに支払っていた手当てを差し止めた。しかし、メアリ・シェリーは弁護士を雇い、手当ての支給を再開させるために争った。肯定的な意見も少しはあった——芸術家のジョン・マーティンは、『最後のひとり』に触発されて一連の作品「最後のひとりの理想的な素描」を描き、また『最後のひとり』はフランス語に翻訳された。彼女はその売り上げが少なかったことに失望し、出版社に次の小説はもっと話題になることを確約した。

小説の売り上げの少なさに意気消沈していたが、メアリ・シェリーは自身の改革主義的理想を諦めることはなかった。その代わりに、たとえば、女性の友人たちのためにお金と時間を費やすことで、自分の哲学を実人生のなかでも実践した。そうして彼女は偽善行為と苦悩に立ち向かった。理想的な女性登場人物であるユーサネイジアが備えていた美徳とは、高潔さ、安定性、共感性、理性、勇気、良識《コモンセンス》など、メアリ・シェリーが人生において擁護することを望んだ美徳であった。したがって、メアリ・シェリーは親友がほかの女性と「駆け落ち」し、ヨーロッパ大陸へと旅立つことも助けていた。一九歳のイザベル・ロビンソンは婚外子を産み育てており、もしイザベルの父親がこのことに気づけば家から追い出されるだろうと、メアリ・シェリーにこっそり打ち明けた。メアリ・シェリーの友人、メアリ・ダイアナ・ドッズ――通称ドッディー――は女性との関係性のために悪名高かったが、イザベルと恋に落ち、メアリ・シェリーとドッディーはある計画を思いついた。ドッディーが男装し、イザベルとともにフランスへと旅立つ計画である。いったんフランスに渡ってしまえば、彼らは男性とその妻のふりができるだろう。数年後、ドッディーは亡くなり、イザベルはイングランドの実家に子をもつ尊敬に値する未亡人として帰還することができる。それはとてつもない計画であり、もし彼女らが捕まれば、きわめて不名誉なことになっていたにちがいない。しかし、メアリ・シェリーは母親ウルストンクラフトの娘であった。彼女は一連の計画の立役者になることを申し出た。その夏の終わり、イザベルとドッディーはフランスへ移住し、その数年後、イザベルは彼女の娘とともにイングランドに戻った。いかなる人もメアリ・シェリーほどの知恵を持ち合わせてはいなかっただろう。彼女はまた、パーシーの友人エドワード・ウィリアムズの未亡人であるジェインとクレアを含む、多くの女性たちに金銭的援助をおこなった。付き合いのあった若い女性たちだけでなく、付き合いがなくとも、「不道徳」あるいは社会的違反行為や微罪のために排除されていた人たちの友となり、彼女らに助言を与え、相談に乗った。

『パーキン・ウォーベックの運命』(一八三〇年)

『最後のひとり』の収入は、メアリ・シェリーとパーシー・フローレンスが生活していくには十分ではなかった。ゴドウィンも金銭的援助を必要としていたし、メアリ・シェリーは複数の雑誌に短編を寄稿することに力を注いだ。これら雑誌の読者はほとんどが女性であった。多くの短編小説は彼女の長編小説とテーマが共鳴していた。たとえば、権力、男性の野心、女性の正義、愛、超自然、幽霊、そして想像力である。もっともきわだっているのは、「情念の物語」(A Tale of the Passions)、「兄と妹」*〔9〕(The Brother and Sister)、「モンドルフォの後継者」(The Heir of Mondolfo)、「夢」(The Dream)、「寿限有の寿限無」(The Mortal Immortal)、「変身」(Transformation)である。これらの物語は、想像力や女性の尊厳の称揚のみならず、急進思想や政治的改革の考えをゴシックの範疇に含ませ、その定義を広げようとした彼女の覚悟を明らかにしている。「変身」*〔10〕においては、たとえば、メアリ・シェリーは、快楽を求めすぎるばかりに小人と体を交換するが、その小人の体に閉じ込められてしまう利己的な青年グイドのゴシックの物語を書いている。もっと典型的なゴシックであれば、たとえばチャールズ・ロバート・マチューリンの『放浪者メルモス』においては、主人公は永久に呪われたままである。しかし、メアリ・シェリーは特有の斬新さを加えている。グイドに小人を見つけ出させることによって、自分自身の姿に戻ることを許している。そして彼の真の恋人ジュリエットと結婚させているのだ。とはいえ、ジュリエットは、何もなかったかのように彼を受け入れることはない。グイドは読者にこう語っている。ジュリエットは、「ときおり、グイドにその変化をもたらした悪意について苦々しく言及することさえする」と。たしかに彼は戻ってきたが、彼の過ちが記録から消去されたわけではないと暗に示しているようでもある。ジュリエットは忘れてはいないし、彼にそのことを忘れさせないだろう。

一八二九年に、メアリ・シェリーは密かにパーシーの新たな作品集の刊行に力を貸していた。その作品集のための編集協力や、伝記的な情報提供である。彼女は彼の詩が読者を獲得していることを喜ばしく思っていたが、実は彼の伝記を書きたい、彼の作品の決定版も刊行したいと考えていた。しかし、サー・ティモシーによる制約のため躊躇いもあり、彼女は小説の執筆に向かうことにした。その『パーキン・ウォーベックの運命』という新しい小説は一五世紀が舞台で、彼女はふたたび、史実のなかに急進的な思想を織り込むことにした。

『ヴァルパーガ』と同じように、『パーキン・ウォーベックの運命』を書く際も歴史的な出来事に忠実である必要はないと考えた。この物語にふさわしくなるよう、登場人物と歴史的背景を自在に変えていった。序文で、彼女は「事実」は物語の素晴らしさを「十分発揮させる」ことはできないと書いている。批評家であるエリン・L・W・ガレットによれば、*〔11〕メアリ・シェリーは、史実を批判するために小説《フィクション》を用いている。実在したパーキン・ウォーベックはイングランドの王族のなりすましで、ロンドン塔に投獄されていた幼い王子のひとり、エドワード四世の次男で、ヨーク公リチャードが脱出したと主張していた。メアリ・シェリーの小説では、パーキンは彼が主張する人物、すなわち王位継承者リチャードである。しかし、たとえ彼女がリチャードを理想主義的で共感力のある、善なる、有徳な人物として描いているとしても、彼はこの物語の主人公ではない。そして主役は、パーキンの宿敵で権力欲に塗れ、極悪であるとされたヘンリー八世でもない。主人公は歴史上実在したリチャードの妻、キャサリン・ゴードンなのである。メアリ・シェリーはこの女性を小説の闇にさす真の光として想像し直しているのだ。キャサリンは、ちょうどユーサネイジアがカストルッチョに抵抗したように、リチャードの野心に抵抗しながら、王位継承をめぐる戦争は人びとを苦しめていると訴えている。また、ユーサネイジアのように、彼女は平和を勝ち得るために声を上げ、人類を取り巻く状況は戦争によっては改善しないと言った。真に大切なのは調和と愛であり、理性的で家庭的な価値観を承認し、「虐げられた人びとに共感する」者たちの「感傷的な共同体《センチメンタル・コミユニテイ》」を創造することであると。そしてそれは、メアリ・シェリーが『六週間』のなかで想像したもので、後期の小説で発展させていったものである。

ベティ・T・ベネットが説明したとおり、共和主義的な政治が『ヴァルパーガ』のプロットに埋め込まれていることに気づかれなかったように、『パーキン・ウォーベック』が一八三〇年に刊行されたときも、当時の批評家たちは急進派の反戦思想を見過ごしてしまっていた。『ザ・ニュー・マンスリー・マガジン』は、この小説の「女性的な洗練された感受性」やその「特有の魅力」を絶賛した。

メアリ・シェリーによる小説にしては比較的好意的な論評だったが、評者たちが中心的な論点を見過ごしていたことにふたたびがっかりするのだった。二〇世紀の評者たちのなかには、政治性が不足しているという正反対の理由からこの小説を嫌う者もいた。彼らにとって、キャサリン・ゴードンの反戦思想、反君主制の立場は、公共圏を退き、私的領域へと退却し、政治的な領域よりも家庭の領域を優先するという点において問題含みであった。

　しかし小説のこれらの解釈は、メアリ・シェリーの作家としての意図を正確には伝えていない。とりわけ女性作家が女性運動を推進するために捧げていることは、彼らには伝わらなかっただろう。『パーキン・ウォーベック』のもっとも重要な発明は、メアリ・シェリーがキャサリン・ゴードンに声を与えたことだった。彼女がこのことに注視していることは、注釈を挿入していることからもうかがえる。そこには、「キャサリン・ゴードン夫人の性格が一番気に入っている。……彼女が自分の声で語ることが望ましい」と書かれている。メアリ・シェリーの編集上での記述は、女性作家とこの女性の主人公の両方に重要な地位が与えられていることが強調されている。キャサリンが話すとき、独裁政治に抗して自由を訴える。彼女にとって、人びとに苦しみを与えるのは権力闘争であるため、平和を主張するのだ。とはいえ、このような言葉は、キャサリンの演説を考えなくてはならなかったメアリ・シェリーのものである。この時代の年代記には、たとえ女王であっても、女性による記述がほとんどない。エリン・ウェブスターが結論づけているように、メアリ・シェリーの虚構と事実のないまぜによって、彼女の小説が「修正が加えられた歴史《リヴィジョナリー・ヒストリー》」となっている。小説という装置なくしては、彼女はキャサリン・ゴードンに声を与えることはできなかっただろう。

メアリ・シェリーの政治性を浮き彫りにするものとしては、彼女が『パーキン・ウォーベック』を刊行した年に書いた書簡がよい例となるだろう。まだ国際政治の話題を熱心に追っていた彼女は、ラファイエット将軍がフランスにおける改革を推進しているという記事を読んで勇気づけられた。そして彼に手紙を書いて、その改革案を称賛した。イングランドにいる友人たちには、貧困層にさらなる課税をするのではなく、富裕層の人びとが自分たちの富を犠牲にしなければならないと書いた。なにより興味深いのは、出版者のジョン・マレー*〔12〕に二冊の本のアイディアを書き送っていることだ。一つ目は「女性の歴史」、そして二つ目は「著名な女性たちの生涯」である。マレーはこの企画案を却下したが、この案は、メアリ・シェリーが女性たちの生を関心の中心にしようと野望を抱いていたことを示している。

驚いたことに、メアリ・シェリー批評の誤読にも肯定的な側面がある。彼女は保守派たちからはまだ世間を騒がすような人物とみなされていたが、彼女が二〇歳で『フランケンシュタイン』の匿名の作者になったころには到底手に入れられないような、文学的な地位を獲得していたのだ。一八三〇年に『ジ・アシーニウム』は、彼女が同時代作家のなかでもっとも優れた女性文学者であると謳った。出版社のベントレー社はメアリ・シェリーに、もし『フランケンシュタイン』の改訂版を書いて著作権を所有できるようになれば、彼女をその著作権リストに加えることを提案した。

新しい『フランケンシュタイン』（一八三一年）

メアリ・シェリーは自身の最初の小説を見直す機会に進んで応じた。彼女がこれまでなんとか耐えてきた悲劇は、ついに犠牲者を出した。そしてこの新版のなかで、初版よりもさらに荒涼とした世界を描いた。初版では、ヴィクターは自らの野望を追い求めるかどうかを選択する自由をいくらかもっていた。彼が誤った選択を下したとき、自分自身の行動によって破滅へ追い込んでしまったのである。しかし、この新版でメアリ・シェリーは、ヴィクターから行為主体性を奪ったのだ。彼はいわば、はかり知れない力によって翻弄される操り人形であり、自らの衝動にしたがわざるえない人間である。エリザベスもまた、ほかの登場人物と比べると、はるかに自立心／自立する能力が低い。彼女はヴィクターの従妹ではなく、孤児となる。その役割の変化は、彼女に家族がいないことからも、その脆弱性をさらに強めるものとなった。ヴィクターの母親は「かわいい贈り物」としてヴィクターに彼女を与え、それ以後の物語ではヴィクターの思いのままになる存在として描かれる。エリザベスを矮小化することによって、メアリ・シェリーは女性から自立する力を奪うことの深刻な危険を示してみせた。男性の野心がもたらす破壊的な力に対抗するキャサリン・ゴードンやユーサネイジアのような存在が欠落しているこの小説では、誰もが苦しむことになる。

研究者のスーザン・ウォルフソンが主張するように、エリザベスを孤児にすることによって、メアリ・シェリーはフランケンシュタイン一家による養子縁組がいかに人種差別的であるかを明らかにすることができる。数多くの研究者は初版におけるメアリ・シェリーの奴隷制に対する立場を指摘し、クリーチャーの苦難は、部分的には彼女が読んでいた奴隷物語《スレイヴ・ナラティヴ》にもとづいていると主張してきた。しかし、この新版では、メアリ・シェリーはさらに踏み込んで、中心人物の偏見がもたらす弊害を強調し、人種差別がもたらす結末についてさらに悲惨な状況を描いている。ヴィクターの母親が金髪のエリザベスを発見したのは、孤児だったエリザベスを養子に迎えた「黒い瞳」の農民一家の前を通りかかったときだった。すぐさま、フランケンシュタイン夫人はエリザベスを連れて帰り、自分で育てたいと思うのである。メアリ・シェリーは子どもの肌の白さを強調し、エリザベスの髪は金色で、「暗いイバラの葉の中に咲く庭の薔薇よりも美しい」と書き、フランケンシュタイン夫人を惹きつけるのは彼女の白い肌と「金色の」髪であることを明確にしている。それとは対象的に、物語に出てくるもうひとりの孤児は、ネグレクトの被害に遭い、見捨てられている。フランケンシュタインが見捨てたクリーチャーはその醜さゆえに、誰も「自分の子どもとして育てたく」はない。多くの批評家は、その醜さは人種的な記号として機能している、と述べている。たとえば、メアリ・シェリーは、クリーチャーの唇と髪は「黒色」で、肌は「黄色い」と詳しく描写している。ジョン・マルチョウによれば、メアリ・シェリーの描写は、彼女の社会に流通する『『黒人』の身体をめぐる一般化されたイメージにもとづいており、そのイメージは、嫌悪感を抱かせるような外見の特徴、野獣のような強さ、手足の大きさがきわだっていた」のだという。カレン・リンネア・パイパーは、クリーチャーはイヌイット族を表しており、ウォルトンの北極探検中に「欠けている存在」としての先住民を表していると主張する。人びとから拒絶されているため、クリーチャーは自分の容姿を憎むようになり、自分を人間には決して受け入れられない「惨めなほど醜悪な存在」として見るようになる。

メアリ・シェリーは、エリザベスとクリーチャーの物語を対比することによって、クリーチャーの容姿がほかの登場人物と違っていることで受ける不正義を強調している。彼がどれほど努力をし、愛を求め、自身で学問を積んでみても、社会は彼のことを常に「野蛮」で「恐ろしい」存在であるとみなすだろう。そして、この新版の『フランケンシュタイン』は、ウォルフソンが言うところの「人種差別する傾向とその価値観」がもたらす不穏で暴力的な結果についての物語となるのである。研究者のアダム・ポトケイが主張するように、この小説はアフリカ系アメリカ人の自然主義文学において重要な役割を果たし、たとえばリチャード・ライトの『ネイティヴ・サン』(一九四〇年)のような、広く知られる作品に影響を及ぼしてきた。

メアリ・シェリーは改訂が終わるころには、『最後のひとり』以上に悲観的な作品を書き上げていた。少なくとも、ライオネルは救われることで運命を変えることができた。彼女はエリザベスを弱い立場とすることで、男性的な攻撃がもたらす影響を鮮明にきわだたせた。エリザベスとクリーチャーに「人種的な特徴を与えること」で、彼女はイギリスの奴隷制廃止法(イギリスの全植民地を対象)をめぐる苛烈な議論に注意を向けさせた。それは、一八三三年にようやく成立することになる。彼女は「イニシャル」MWSを編集者として残したが、その声は物語のさらに見えない層に埋没してしまった。

『最後のひとり』のように、この新版の『フランケンシュタイン』は、とくに科学が進歩を保証し、文明があらゆる人びとの生活を向上させるという当時の楽観主義に逆行するものだった。メアリ・シェリーは、このような進歩主義的なありきたりの物語には耐えられなかった。彼女はどこにいても、不正義、貧困、そして偽善を目の当たりにしたのである。階級間の憎悪、レイシズム、偏見を暴かなければという衝動に駆られ、彼女は自分の物語を力のかぎり語ったのだった。

この『フランケンシュタイン』の復刊によって、メアリ・シェリーの名声は不動のものとなった。しかし、彼女はいまだ貧しかった。パーシーが亡くなってから一〇年間、サー・ティモシーはいちども彼女への手当てを上げたことがなかった。雑誌の売り上げは十分あり、小説の収入もあったが、彼女自身の出費だけでなく、息子、ゴドウィン、彼女が経済的に支えている友人や家族の出費を合わせると、彼女は生活費を稼ぐのに、いつも苦労しているようだった。

第6章　最後の仕事、一八三五〜一八四四年

メアリ・シェリーの後期小説は、一見それまでの作品との類似がみられないようにも思われるが、課題が二つある点では共通している。それらは『ヴァルパーガ』以降訴え続けているもので、平和を掲げることと女性の権利である。彼女にとって、この二つの理想は深いところで結びついていた。彼女の初期の作品においても、力の均衡、愛、調和のために声を上げるのは女性登場人物たちである。しかし、キャサリン・ゴードンやユーサネイジアが、戦争を起こしてしまう男たちを止めることができなかったのに対し、この最後の二作品、『ロドア』と『フォークナー』においては、女性登場人物であるファニー・デラムとエリザベス・レイビーは、衝動にかき立てられてしまう男性登場人物のふるまいに勝利する。そして家族の、平等主義的な理想にもとづいた共同体《コミュニティ》を築くことに成功している。

これらの最晩年の小説では、女性たちは、その強さ、自律心、そして教育によってその価値が認められている。他方で男性たちは、これらの女性らが築いた新しい基準に合わせられる彼らの力に価値が与えられている。

『ロドア』（一八三五年）

メアリ・シェリーは『ロドア』を、同時代である一八三〇年代に設定した。この小説では、以前の作品のアイディアを再検討し、関連するテーマを時代に合った文脈のなかで拡張し発展させた。これまで書いてきた小説と同様、彼女は男性的な野心が女性の人生に与える影響を探求しているが、今回は女性教育の問題にも直接向き合い、イギリスの貴族社会が思慮浅薄であることを非難している。メアリ・シェリーは、この本を同時代に設定することで、読者やイギリス社会全体に関わる問題を暴いている。イングランドで「もっとも卓越した」女性作家となったいま、革新的な意図を隠す必要もなく、急進的な信念を崇高なものとして論じることができた。こうして女性登場人物の救済というものは、標題の名前でもあるロドアが死に、女性たちが力を合わせてようやく始まるのだ。

ロドアは街をうろつく穀つぶしである。勝手気ままで、ろくに教育も受けていない、自己中心的な彼は、不倫のすえに子どもをもうけ、それから「愛らしいがやや無知な」一六歳のコーネリアと結婚する。コーネリアは思考が浅く、快楽と娯楽に没頭するような女性として描かれている。エセルという子どもを産んだときも、彼女は我が子に見向きもしなかった。一方で、ロドアはエセルを溺愛し——メアリ・シェリーはそれが過剰であることを暗に示している——、不倫によってできた息子との決闘から逃れるためにアメリカに渡る。そこで彼はエセルを隣人たちから隔離させ、他方で、彼女に「惜しみない愛情」を与え、それによって徹底的に自分に依存させた。マチルダのように、エセルは「父親が抱くであろう好意」以上のものを彼のなかに「誘発した《インスパイア》」のだった。その結果、彼女は「自分で考えることはほとんどなく、自分のために行動を起こしたことは一切なかった」。

第一巻の最後でロドアが死ぬと、主役の男性登場人物を中心に展開しなければならないという読者の期待を裏切ることになり、その死はプロットに空白をもたらした。誰が、いなくなったロドアの代わりを引き受けるのか。メアリ・シェリーの手にかかれば、その大きな穴の埋め合わせをするのは女性登場人物たちになる。というのも、ロドアがいなくなってしまえば、女性たちが舞台の中心に立つことができるからだ。男性登場人物たちが脆弱なあまり、女性たちは彼らに救い出されることを期待できず、女性らが互いに助け合うことで危険を回避し、幸福を見つけなければならない。エセルの恋の相手であるエドワード・ヴィリアーでさえ、彼女を苦境から救うことはできない。メアリ・シェリーのほかの小説の例に漏れず、『ロドア』の世界にも英雄は描かれないのだ。

一六歳になったエセルは、ようやく父親の抑圧的な愛から解放され、自分の足で人生を歩みはじめることができる。母親と良好な関係を築き、もうひとりの若い女性、ウルストンクラフトの教義に倣い、独学で教育を積んできた知識人ファニー・デラムと友情を育んでいく。最終的にエセルの指南役として、自立や誠実さといった価値を実践するのはファニーである。

メアリ・シェリーがヒロインをファニーと名づけたのは、姉に捧げた、心の痛みをともなう謝辞である。小説世界のファニーは、メアリ・シェリーが姉のファニーに送ってほしかった人生を生きている。誰の助けもなく生きられ、夫や父親の束縛から解放され、女友だちに支えられて、ファニー・デラムは誰もが敬うような、まっすぐな生き方をしている。彼女は社会をよりよくするために身を捧げ、独学で学び、仲間に手を貸し、助言し、社会改革に取り組んでいる。女性に教育と自由を与えれば、世界はあらゆる人間にとってよりよい場所になる、というウルストンクラフトの格言を体現している。小説の最後で、ファニーとエセルが一丸となって、一八一四年にメアリ・シェリーが最初に夢見た平和な「感傷的な共同体《センチメンタル・コミュニティ》」をつくり上げる。

　母親の思想を擁護し、女性が自立することの利点を訴えている『ロドア』は、メアリ・シェリーにとってそれまででもっとも公然と急進性を押し出す作品となった。男性貴族のロドアに与えられていた重要な役割は、その対極に置かれる知的な中流階級の女性、ファニー・デラムに手渡されるのだった。ファニーは自立を勝ち取り、哲学を読み、自分だけでなく他者の「天賦の才」を育むことに打ち込んでいる。現代の文脈では、この小説を編集したリサ・ヴァーゴが書いているように、この本は「[メアリ・シェリーの]母親との想像上の会話であり、母親の信念に語りかけ、それを通して語ることを可能にするライフ・ライティングの実践」なのである。

　歴史的背景やディストピアの設定によって彼女の革新的な意図は覆い隠されなかったのに、一八三五年に『ロドア』が出版されたとき、彼女のそれまでの作品よりも好意的に評されたことに、メアリ・シェリーはきっと驚いたことだろう。それまでも起きたことだが、多くの批評家がこの作品を誤読したからだ。彼らはこの作品を「ロマンス」と評価し、改革のメッセージを見落としていた。この小説を風俗小説の一種、家庭小説であると考え、メアリ・シェリーが人間の心の神秘を探求したことを称賛し、作品の政治性を軽視したのである。彼らは、とくに終盤のファニーの地位向上と平和的共同体の確立を見過ごしていた。この見落としのせいもあり、この小説は快調な売れ行きだった。

オーブリー・ボークラーク

メアリ・シェリーは、パーシーの死後数年間、彼の死を悼みながら過ごしていたが、魅力的な若き未亡人であった彼女の前には、それなりに求婚者は現れた。一八三二年の春、三四歳の彼女は、顔立ちのいい若い急進派で、三一歳のオーブリー・ボークラークの目に留まった。メアリ・シェリーの過去に、イングランドの社交界の人たちが衝撃を受けたさまざまな事実があったからこそ、彼は賛美したのだった。すなわち、彼女の著作、政治、そして信じがたいその過去に賛同していた。

オーブリーはメアリ・シェリーに執心だった。パーティーやそれ以外の社交の場で見かけると、話しかける努力をした。しかし、彼女と親しくなるのは容易なことではなかった。メアリ・シェリーは、友人らの前では優しくユーモアのある人間でいられたが、初対面の人の前では寡黙になる傾向があった。初めて彼女に会った人は、あの悪名高い『フランケンシュタイン』の作者がずいぶん控えめであることに、しばしば驚かされた。彼女と友人になったばかりの人は、彼女が「物腰柔らかで、女性らしく、おしとやか」であることへの感嘆を語っていた。またある人は、彼女のことを「思慮に欠け、贅沢好きな」人だと思っていたが、「冷静で物静かで女性らしい」人だとわかり、うれしい驚きだと打ち明けた。こういった反応は、この時代に支配的だった固定観念を露わにしている。みな大胆で想像力豊かな作品をつくる芸術家や作家は、彼ら／彼女ら自身も大胆で「男性的」であると思い込んでいて、メアリ・シェリーの同時代人にとっては、彼女の作品の野心的な側面と、女性としての、それも物静かな女性としてのアイデンティティを矛盾なく一致させるのは難しいことだった。

しかし、新進気鋭の政治家であるオーブリーは、業界での出世の手助けとなるような妻を必要としていた。そこで彼はメアリ・シェリーとの関係を解消した。代わりに、借金や醜聞などとは無縁の裕福な若い女性と結婚した。メアリ・シェリーにとって、これは大きな喪失だった。彼女はオーブリーのなかに、もうひとりのパーシーを見いだしたと思っていたのだ。彼は情熱的で、愛情深く、パーシーと同じ政治的見解をもっていた。オーブリーは、奴隷制廃止のために闘い、アイルランド運動を支援し、一八三三年春に議会で審議された改革法案を精力的に支持する擁護者のひとりだった。この喪失をきっかけに、『ロドア』を執筆する行為は彼女にとっては心が清められる実践となった。メアリ・シェリーはファニー・デラムの人物像を練り上げながら、母ウルストンクラフトの理想にますます傾倒していった。ファニー同様、メアリ・シェリーも自分の人生に男は必要ないと思うことにした。

彼女に必要なのは本であり、執筆活動であり、友人であり、自身の思想であった。その後、彼女は、より平等主義的な社会、教育改革、社会正義を主張し続けることになるが、それは経済的に自立した女性、エスコートされない女性、誰かに頼らずに生きられる女性、すなわちファニー・デラムとして生きることを意味していた。

伝　記

メアリ・シェリーは『ロドア』を執筆しているとき、父親の友人であるディオニシウス・ラードナーから、『キャビネット百科事典』に伝記的なエッセイを寄稿しないかという依頼を受けた。これはきわだって名誉なことだった。というのも、ラードナーは、幅広い読者に読んでもらえるような書き手を慎重に選んでいたからだ。また、彼は高い原稿料も支払った。彼がメアリ・シェリーに依頼したのは、イタリア、スペイン、ポルトガル、フランスの文学者についてのエッセイを執筆することだった。彼女は、彼が知っているなかでは、この仕事に従事するのに必須条件である語学力、博識、才能を備えた数少ない書き手であった。それらの能力を認めてもらえたことに心を躍らせたメアリ・シェリーは、ラードナーの依頼を喜んで引き受けた。そして、サー・ウォルター・スコットのような先覚者をはじめとする優れた文学集団のなかで、唯一の女性寄稿者となった。

メアリ・シェリーは一八三三年一一月に作業を開始し、それと同時期に『ロドア』や短編小説も描き続けていたが、それでもその激務に尻込みするようなことはなかった。彼女はそれから四年半かけて資料を渉猟し、「イタリア、スペイン、ポルトガル、フランスにおけるもっとも著名な文学者と科学者」のために五〇以上もの偉人の伝記を書き上げ、一八三八年五月に完成させた。ラードナーが必ずしも項目の作者を明記しなかったことから、メアリ・シェリーがどれほど多くの項目を書いたかについて、歴史家たちは長いこと過小評価していた。しかし、今日では、この一七五七ページのプロジェクトのうち、メアリ・シェリーは少なくとも四分の三を執筆したという合意がなされている。彼女は主に自分の翻訳に依拠したのだが、その結果、この偉業がもっとも優れた文学作品に数えられることになる。これらの批評は訴求力があり、啓発的であった。彼女は、歴史的・政治的な文脈のなかにこれらの偉人たちを位置づけ、彼らの強みも弱点もわかるような鮮やかな具体例を選び出した。まさに非の打ちどころのない学術的見識であった。一八三四年一二月二日に、「私の人生と理性が、伝記〔を書くこと〕によって救われた」と書いている。すべての項目に署名されているわけではなく、ほとんどがイニシャルだけであったこともあり、その部分的な匿名性のおかげで批判される恐れもなく、自由に意見を表明することができた。また、伝記を書くことによって、小説を執筆する際には制限されるいくつかのことからも解放された。プロットを推進させる代わりに、『六週間』でもしたように、彼女自身の考察、見解、政治思想、そして彼女自身の物語の断片さえ挿入することができた。たとえそれが、偉大な男性たちの伝記というレンズで屈折させられたとしてもである。

メアリ・シェリーは常に女性の経験を描くことに捧げていたため、伝記の対象者である男性たちの母親、妻、娘、姉妹についての資料も何時間も耽読していた。彼女のエッセイは、献身的な姉妹たち、女性の友人たち、妻たち、愛人たち、そして未亡人たちのことについて何ページも費やされている。このように、リサーチの初段階ですでに女性たちの物語に夢中になっていたが、あらためて、歴史的な女性についても一冊書きたいと考え、そのことをマレーにではなく、ラードナーに提案した。ラードナーが断ったため、伝記のなかで女性の比重を大きくするという手段に訴えることにした。つまり、スタール夫人や古い友人のイザベラ・バクスターのヒロインであるロラン夫人など、少なくとも何人かの女性作家をフランス人作家の項目に入れることにしたのだ。それによって、歴史的人物と同時代作家たちを関係性の線で結ぶことができた。たとえば、メアリ・シェリーはモンテーニュの人生を語るなかで、彼の友人であったマリー・ド・グルネーについての記述に五、六段落ほど割いた。グルネーについては、モンテーニュの作品を編集し、彼の死後「その時代のもっとも学識のある優れた女性として尊敬された」と書き、そして皮肉っぽく、「グルネーは、業績や知力において男性をも凌駕したので、それに対して復讐しようと容姿や年齢を理由に彼女を攻撃した衒学者たちに痛手を負わせ、そのことで讃えられた」と付け加えた。

伝記の仕事に没頭したおかげで、メアリ・シェリーはオーブリーのことを忘れることができただけでなく、書き手としての新たな目的をみつけることができた。彼女が望んだとおり、一巻すべてのエッセイを女性の伝記を語ることに捧げることができなくても、これらの歴史上の女性たちの勝利を祝福することができた。女性たちの勇気や信念を称賛でき、また女性たちが直面した苦難に寄り添うことができたのだ。

ゴドウィンの死

『ロドア』が刊行された翌年の一八三六年、メアリ・シェリーの八〇歳の父親が亡くなった。その葬儀での出来事は奇奇怪怪であった。ゴドウィンが残した遺書には、「できうるかぎり」最初の妻の「近く」に埋めてほしいと書かれてあった。そこで、メアリ・シェリーと彼女の義母、それから一六歳になるパーシー・フローレンスは、墓掘作業者たちがウルストンクラフトの墓から土を掘り出すのをじっと見ていた。メアリ・シェリーはこう書いている。「彼女の棺は傷ひとつない状態で見つかった」。それから全員穴のなかを見つめていた。そこには「〔遺体に〕布が掛けられている状態で、汚れてはいたが、まだ名前が読めるプレート」が見えたのだった。それは、彼女がまだ生後二、三日だったとき以来、初めて母親に近づいた瞬間でもあった。こんどは彼女の父親も逝ってしまった。

ゴドウィンは自分が亡くなる前、娘であるメアリ・シェリーには、彼の伝記を書き、未完の作品を編集し出版してくれるよう頼んでいた。彼女は律儀にもその作業を開始したのだが、仕事のあまりの膨大さに、すぐに停滞したのだった。ゴドウィンはそれまで書いたほとんどすべての書簡を保管していて、そして大量の読書のメモを取っていた。山のように積み上がった彼の手稿、古いドラフト、そして制度化された宗教を批判する未完本もあった。この編集プロジェクトは困難を極めたが、四年ほど着実に進めていった。メアリ・シェリーはそのために費やした労苦で疲弊してしまい、最後には断念せざるをえなくなったため、この事業は頓挫してしまった。彼女は、父親の伝記はそれほど売れないと睨んだ。彼の宗教への痛烈な批判は、評判をよくするどころか悪化させるだろう。そうして諦めることにした。彼女は父親をふたたび失望させてしまった。気力、体力ともにすでに限界に達していたのだった。

『フォークナー』(一八三七年)

メアリ・シェリーはゴドウィンの伝記を書くことはかなわなかったが、まだもう一冊、小説を書く余力はあった。父親が亡くなった翌年、つまり彼女が四〇歳のとき、『フォークナー』を完成させた。彼女はこの本が自身の最高傑作だと考えたが、現代の読者がこの評価を共有することは難しい。会話文は不自然で堅苦しく、登場人物はやや平面的で深みがないためである。しかしメアリ・シェリーは、自分の作品を「リアリスティックな」性質を備えているかどうかで評価していたわけではない。彼女は政治、哲学、人権を重視し、彼女自身の本も、さらに言えばすべての本も、その倫理的基準に則して評価していた。こうした基準にこだわるならば、メアリ・シェリーの評価は妥当であろう。『フォークナー』は彼女のもっとも優れた作品である。というのも、彼女自身の革新的な考えの声をもっとも響かせているのは、この小説においてだからだ。女性登場人物たちが素晴らしい勝利を収めるのも、この小説においてである。

『フォークナー』のヒロインであるエリザベスは、フランケンシュタインの花嫁と同じ名前だが、一八一八年版や一八三一年版のエリザベスよりもはるかに自律心があり、たくましい。メアリ・シェリーは、『フランケンシュタイン』において女性的な依存と受動性の象徴である無力な被害者を生み出した。一八三一年版では、クリーチャーと好対照をなし、「人種化された」エリザベスも創作した。刷新され、改善された『フォークナー』のエリザベスは、人種化されているわけでも、弱いわけでもない。彼女は敵対する人びとに打ち勝ち、身近な男性たちを助力し、彼らを失敗や破滅的な運命から救出する。小説の最後で、エリザベスは、メアリ・シェリーが思い描いた「感傷的な共同体《センチメンタル・コミユニティーズ》」をもっとも完全なかたちで実現する手助けをしている。

エリザベスが初めてジョン・ルパート・フォークナーと出会ったとき、彼女はまだ六歳であった。二人が出会うのは墓地。そして、それはメアリ・シェリーとパーシーが初めて愛を成就させ、ウルストンクラフトとゴドウィンが埋葬されている場所を想起させる墓地であった。フォークナーはまさに自殺しようとしていたところ、まだ子どもであったエリザベスが泣き叫び、その目的から彼の気をそらすことで救ったのだった。このことは、危うい状況を収束させ、自殺しようとした大人を救う能力が彼女にあることを示している。

エリザベスは孤児であったため、フォークナーは彼女を養女として迎えた。エセルがロドアに、また一八三一年版のエリザベスがフランケンシュタイン一家に依存していたように、フォークナーはエリザベスが彼に依存するよう教育したのだった。しかしこのエリザベスは、どの版の『フランケンシュタイン』に登場するエリザベスよりもずっと芯が強く、エセルよりもはるかに自律心がある。さらに、自己破壊的なフォークナーより賢明であることをすでに示している。したがって、フォークナーに依存させようとする彼の試みにエリザベスは抵抗し、女家庭教師、つまりウルストンクラフトのような人物の助けを借りながら学問に専念する。彼女が一三歳のとき、フォークナーは（バイロンや、『最後のひとり』のレイモンドのように）ギリシア独立のため、戦いに出かけていく。たったひとり家に残されたエリザベスは、哲学書や文学を読み続ける。メアリ・シェリーのほかの偉大なヒロインたちであるユーサネイジアやファニー・デラム、そしてメアリ・シェリー自身のように、彼女は勉学のために綿密なスケジュールを立て、古典哲学やイギリス文学の名著を読破し、自助努力や自律心の力をつけていく。フォークナーが負傷すると、彼女は彼を救うためにギリシアへ旅立つ。そして、人びとが称賛するような「自分の力を信頼」できることを証明する。また同時に、フォークナー、バイロン、レイモンドといった見せかけの英雄たちがすべて失敗していくなかで、彼女だけは成功する英雄たる力を見せつけている。これらの男性たちとは異なり、彼女は戦場で生きのびるだけでなく、「父親」を救い出している。そして、娘と親の役割を逆転させるという、当時、家父長的な時代にもっとも破ってはいけない禁忌をおかしている。キャサリン・ゴードンやユーサネイジアのように、彼女は私的な領域を離れ、戦場に飛び出していく。そして男たちの世界に足を踏み入れ、女がすべきとされていたあらゆることに抵抗するのだ。

エリザベスは、その勇気と自己鍛錬、そしてウルストンクラフトのような女性の家庭教師の助力のおかげで、当時の若い女性を縛りつけていた規範を覆すことを学び、「気弱で世間知らずなお嬢様」になることを拒んだ。新たな挑戦をするたびに、彼女は「取るに足らない規則」に反抗し、「ありもしない礼儀作法という概念や上っ面の洗練さ」に抵抗した。フォークナーが殺人の濡れ衣を着せられると、彼女は彼を擁護し、ふたたび彼の命を救っている。と同時に、犯罪者を弁護したことで彼女は周りの人びとに軽蔑されもするが、それでも彼女の自律心は示される。「全寮制の寄宿学校がもつ薄っぺらい考え方や、婦人の寝室のようなお上品さを超えた」教育を受けてきたため、彼女は「大胆で危険な自由」を探求する。最終的に彼女は、メアリ・シェリーのそれまでの作品におけるどのヒロインよりも勇敢で、大胆、そして成功者としても描かれた。またエリザベスは、メアリ・シェリーの作品のいかなる男性登場人物よりも、さらに言えばメアリ・シェリー自身が生涯で出会ったいかなる男性よりも、はるかに英雄的である。

小説の最後で、エリザベスはフォークナーと敵対する人物、つまり彼を殺人罪で訴えた男と結婚する。そのためには、フォークナーのこの恋愛への抵抗を、彼女は乗り越えなければならない。彼女はそれをいたって冷静におこなう。彼女は二人の男性を和解させ、愛情溢れる家族の一員として結びつけ、メアリ・シェリーの感傷的な共同体をまたひとつつくり上げている。ロドアやマチルダの父親と同様、フォークナーは娘を支配しようとしたが、エリザベスは彼の権威主義的な衝動を挫けさせる。それは彼女が教育によって、自律心や自分の頭で考える力を得ていたためである。エリザベスは「真実を愛する信念」に突き動かされ、ファニー・デラムのように、自分の世界における偽善に靡くことなく、周りの人びとをより「哲学的」な生き方へと導くことができたのだ。その影響の証として、フォークナーはもはや英雄になることを求めるのではなく、「思いやりある」感情と、彼がいま経験している魂の穏やかさを湛えられるようになった力に喜びを感じている。『最後のひとり』のライオネルのように、彼はジェンダー化された言葉で自身の変化を認めている。「彼の男性の心」は柔和になり、彼の心は「女性のように繊細」であると述べている。フォークナーの新しい「繊細な思いやり」への称賛は、メアリ・シェリーが一九世紀の価値観をどれほど転覆させたかを明らかにしている。彼女の小説では、「優しさ」は「厳しさ」とは関係なく、むしろこれこそが「美徳」なのだ。「優しさ」というのは、無慈悲な心よりも徳の高いもので、これはまさに皮肉である。なぜなら、彼女は訓練された古典主義者として、美徳（*virtue*）がラテン語の男性を表す *vir* からきていることを知っていたからだ。

『フォークナー』についていくらか好意的な批評もあったが、批評家たちはこの作品の恋愛物語に焦点を当て、メアリ・シェリーが提起した当時のアクチュアルな問題を看過した。あらためて述べるが、彼女は当時の価値観を覆し、批評するために小説を用いた。そして、繰り返して言うが、この批評はほとんど見過ごされてしまった。たとえば、フォークナーが投獄されたとき、メアリ・シェリーは法制度の不公正さについての論考を添えている。彼女はまた、階級的偏見の弊害や、男女双方にとっての教育機関の問題点、さらにはインドにおけるイギリス政府の人種差別政策に対しても論評を加えた。彼女は、女性の命を救う男性登場人物の代わりに、「父親」や愛する人を救う女性登場人物を創り出した。戦争を栄光、あるいは英雄的な事業として描く代わりに、戦争がもたらす数々の苦悩をはっきり示した。彼女の手にかかると、家庭生活は、単なる女性の領域、凡庸で退屈な場から、共同体が築かれる核心地、つまり人が「抑圧された者への共感」を発見することのできる場へと変えられる。これがあらゆる点においてもっとも革新的であるかもしれない。『フォークナー』の世界では、「家庭の領域」はもはや女性の私的領域ではなく、人びとが共有しうる調和と美徳の公的領域なのである。

『フォークナー』の売り上げは低迷していた。ラードナーのためにスペインとポルトガルの作家の項目を執筆していたメアリ・シェリーは、結局、その夏には完成させることになるが、『フォークナー』を最後の小説にすると決めた。彼女の作家としての仕事は、また原点に戻ってきたのだ。『フランケンシュタイン』では、ヴィクターの野望によって彼の愛するすべての人の命が奪われる。罪のない人びとが殺され、彼らの家が焼かれる。たしかに、マーガレット・ウォルトン・サヴィルは弟を救い出すが、彼女の存在は表舞台の外側に置かれ、彼女の声は間接的にしか聞こえてこない。さらに言うと、ヴィクターとクリーチャーによってもたらされる破壊行為によって、このウォルトンの救出は目立たなくされている。メアリ・シェリーは『フォークナー』で、男性登場人物を挫折から救い、彼らの命を守り、破滅から解放し、共同体の平和と温かさのなかに引き入れることのできるヒロインを創り出した。これらはユーサネイジアやキャサリン・ゴードンがめざしたことであったが、彼女らは、自身の人生に関わる男性たちが偽りの栄光を追い求めるのを食い止めることはできなかった。エリザベスは、平和の擁護者として行動し、男性と女性が共に人生の恵みを分かち合う理想郷的な共同体を創造する。男性の野心が生み出す愚行がなければ、戦争はなくなり、子どもたちの命が奪われることもないと、メアリ・シェリーは主張する。この改革志向の急進的な作家にとって『フォークナー』こそ、小説家としての活動を終えるのにふさわしい場所であった。そしてまた、四〇歳の女性であるメアリ・シェリーが作家のキャリアを終えるのにふさわしい小説でもあった。彼女が意識していたかいなかったかは別として、少なくとも小説のなかでは、失ったものを最後に取り戻し、パーシーとともに耐え忍んだ苦悩から立ち直っていた。最後の小説では、メアリ・シェリーが失敗をしていたとしても、彼女のヒロインが成功している。エリザベス・レイビーは、愛する男たちが愚かな道を辿るのをやめさせ、調和と平和のなかで彼女とともに生きるよう説得する。それは、メアリ・シェリーが人生を通して渇望していた調和なのである。

パーシーの『作品全集』

一八三八年の夏、ちょうどメアリ・シェリーが四一歳になる直前、エドワード・モクソンという著名な出版社が、彼女にパーシーの四巻本の詩・散文集を編集するのに五〇〇ポンドの報酬を支払うと申し出た。モクソンはアルフレッド・テニスンの作品を出版していたが、パーシーの『遺作詩集』についても熱意を注いでいた。彼はメアリ・シェリーに、サー・ティモシーによる差し止めを覆し、パーシーの作品集の完全版を編纂してほしいと伝えていた。彼はまた、パーシーの詩に出会い、彼のことをもっと知りたいと思っていた読者のために伝記的な背景を提供するよう依頼していた。これこそ、パーシーの文学的な遺産を確固たるものにするのに、メアリ・シェリーが決して逃してはならない機会であった。彼女は、パーシーが他界してからというもの、彼の作品を世に送り出すことを夢見ていたが、ティモシーがこの編集事業を進めるのを許すはずがなかった。しかし、過去数年で海賊版がいくつか出回り、それらの誤植などの多さに内心穏やかではなくなっていて、差し迫った状況になっていた。メアリ・シェリーはこれらの誤りを訂正し、編集によって改良が加えられた、より包括的な版を出版しなければと思っていた。

サー・ティモシーは新しく若い弁護士を雇っていたのだが、幸いなことにこの弁護士はパーシーの詩を称賛し、ティモシーに出版を許可するように説得してくれていた。ティモシーは許可することに合意したものの、パーシーの伝記の手前で線を引いた。彼は世間の人びとの記憶から、かつてのスキャンダルを掘り起こしたくはなかった。シェリーの名誉を回復させるのに一六年もかかったからだ。ティモシーは、メアリ・シェリーが彼の名誉挽回に貢献したことを認めてはいなかったが、実際には、『遺作詩集』に付した彼女の序文や、時間の経過も助けとなったことは事実である。メアリ・シェリーは、夫の伝記を執筆させてくれないティモシーに対して苛立ちをおぼえたが、それでもパーシーの批評や詩を出版する機会が得られたことに喜びを感じていた。そして、ティモシーが気づかないように伝記的な資料を挿入する戦略を思いついたのである。彼女は「注」を書いて、パーシーが当時批評や詩を執筆していた文脈を与えるだけでなく、彼の人生についての詳細を読者に伝えることにした。それは約束を破ることだと気づいていたが、長年戦略的に考えることを習得してきていた彼女は、伝記作家としてではなく「編纂者」を装うことで、これをやってのけたのだ。

ところが、過去を再訪することがどれほど痛みをともなうかには気づいていなかった。古い日記や手稿などを読み返すということは、かつての悲しみを生き直すことでもあった。幼いクララ、ウィルマウス〔ウィリアム〕、ファニー、そしてバイロンたちの死を思い出すことでもある。もちろん、ジュネーヴ、若いころのイングランドでの思い出、イタリアに滞在した最初の年など、もっと幸福だったときの思い出もあったが、このような記憶でさえ耐えがたいほどだった。メアリ・シェリーがもっとも失意に沈んだのは、彼女らのせいでパーシーの最初の妻、ハリエットが経験したであろう苦悩にふたたび向き合うときであった。メアリ・シェリーは、日記にこう書いている。「かわいそうなハリエット。彼女のその悲しい運命というものは、同じく運命によってもたらされた私自身の深い悲しみや贖罪と結びつけられる」。

それから、論争を巻き起こす作品の問題もあった。パーシーの作品には急進的な政治思想を推進する詩もあった。また、自分以外の女性に捧げた詩がいくつかあり、これらについてどう扱ったらいいのかわからなかった。パーシーの評判を損なう危険を冒してまで、これらの私事を世間に晒すべきだろうか。慎重に考えてから、プライヴァシーを保護することにしたのだった。スキャンダルを多く経験してきた者としては、読者が多くを知ると、そのことに怒りを向けてパーシーの作品に表れる才能を軽視してしまうことをよく理解していた。ウルストンクラフトが亡くなったあと、ゴドウィンは私事を暴露する回想録を出版したことで、世間がショックを受け、結果的にウルストンクラフトの著書が絶版になった。彼女を称賛していた人たちでさえ、彼女の仕事に背を向けた。そして、ウルストンクラフトの規範から外れた性的スキャンダルとは距離を置いたのだった。メアリ・シェリーはパーシーに対して、これと同じことをするつもりはなかった。彼女は、個人的な事実としてのスキャンダルを暴露するつもりはなく、パーシーの文学的な遺産を残したいと考えた。そこで、彼女にとってもっとも倫理的なことは、いくらか事実を省いて書いた旨を読者に伝えることであった。彼の作品を理解する手助けとなる出来事は共有することにしたが、ほかの事実には言及せずにいた。メアリ・シェリーは序文に、「いまは真実を語る段階ではなく、真実を脚色することを拒否する」と書いた。こう書くことによって、二つのことを明らかにした。彼女には秘匿している事実があること、そしてそれらの事実を語ることはしないということである。それは彼女が語りたくないからではなく、語る時期がきていないからである。この時代に蔓延る偏見に対する非難である。

とはいえ、メアリ・シェリーは二人の人生に起きた出来事を生き生きと語ることは自分に許した。たとえば、パーシーがどこで詩を書いたか、そして詩作の時期に自分たちに何が起きていたかなどである。彼女は、パーシーがボートの上で読書している様子、あるいは蛍を見て驚嘆した様子を描いている。また、彼女はのちに、「ひばりに寄せて」という有名な詩をパーシーが書く霊感源となった鳥を目にしたときの、彼の感動も活写している。メアリ・シェリーはパーシーの詩に込められた抑制されない熱意や信念の純粋さ——彼がいかに俗物的な名声や金にはほとんど興味をもたなかったか、いかに彼自身の芸術をこよなく愛していたか——を強調している。メアリ・シェリーは、世間の人びとに自分の夫を詩人として称賛してもらうには、彼の急進的な思想に言及してはならないこともわかっていた。もし彼の評判をめぐる論争に触れたなら、自分自身の作家としてのキャリアにも傷がつくことも認識していた。パーシーと彼女自身の文学的な遺産は、彼女がどれほど慎重に過去を語り直すかにかかっていたのだ。

第一巻が完成するのにほぼ一年かかったのだが、その間、彼女は病気になっていた。日記にはこう書いている。「昔の記憶に身を引き裂かれそう」。書評が出ると、批評家たちはパーシーを称賛したが、メアリ・シェリーを叩いた。『スペクテイター』や『ジ・アシーニウム』は、彼女が編集したものはぎこちなく、あまりに多くの作品を省いていると述べた。『イグザミナー』は、パーシーに対するメアリ・シェリーの評価に反論した。トレローニーは、集中砲火に加担した。なぜなら、彼は自分が書いたパーシーの回想録を出版するつもりであったため、狡猾にもメアリ・シェリーの評判を傷つけ、自分のキャリアを向上させる機会を見逃さなかったのだ。彼女がサー・ティモシーに対して慇懃すぎると非難し、彼女をシェリー家から手当てをもらうことだけしか考えていない臆病者だと非難した。

メアリ・シェリーはトレローニーの中傷には傷ついたが、無視することにした。彼女は人びとにパーシーの作品を読んでほしかった。それに、パーシー・フローレンスのことも守らなければならなかったし、家族を支えるためにお金を稼がなくてはならなかった。しかし、第一巻を改訂し、パーシーのより急進的なエッセイを収録することで、文学雑誌からの批判に応答することにしたのだ。ところが、メアリ・シェリーが予想したとおり、保守派たちからすぐさま反動的な反応があった。保守派の読者たちは版元のモクソンを冒瀆罪で訴えたが、これはイングランドで最後の判例となっている。この裁判では保守派が敗訴し、パーシーの本は差し止めを逃れた。とはいえ、この経験は、負ける側に立つことの意味を思い起こさせ、メアリ・シェリーにとっては深傷となった。

メアリ・シェリーは、パーシーのほかのより扇情的な作品について世間の人びとがなんと言うのか気にしていたこともあり、この〔一八三八〕年はずっと彼の散文作品の編集に着手していた。彼女はパーシーの理想を「骨抜き」にしたくなかったと、友人のリー・ハントに書いている。それでも、いくつかの彼の考えは、当時の読者が理解するにはあまりに突飛であった。彼女は賢明にも、パーシーが父〔ゴドウィン〕に宛てて、自由恋愛の信条を称賛し、社会的に認められていない関係性が正義であることを論じた手紙は出版しなかった。また明らかに無神論的な文章は省いた。しかし、ある友人が、パーシーによるプラトン著『饗宴』の英訳における同性愛への言及を削除すべきだと助言したときは、「〔パーシー・〕シェリー自身の言葉はなるべく多く」残すことが重要であるという態度を明確にした。彼女は夫の文学的遺産を築くために最善の選択をする努力を継続したが、その作業は一八四〇年に終わった。すっかり疲弊し、気弱になり、日記には、もう一語も書けないような気がすると記されている。

序文には弱さへの謝罪が綴られていたが、メアリ・シェリーはこのパーシーの作品集の完全版は、彼女が人生でなしえたもっとも優れた偉業となることに気づかなかった。彼女は、ほとんど誰も彼のことを知らなかったときに彼の詩を称賛し、ひとりで誰の手も借りずに、パーシーを表舞台に伸し上げたのだ。彼女は経験豊かな小説の書き手であったため、パーシーをどう描けば世間の人びとの心に響くのかを熟知していた。一八二四年に『遺作詩集』を刊行したときよりも、さらに磨きをかけた。彼女はパーシーが、「高みにいる存在」で「純粋な精神をもつ」まるで天使のように高い次元にいる、と読者に語りかけた。これによって、無神論的で反強権主義的なパーシーを、自由や美徳のために命を落としたヴィクトリア朝時代の殉教者へと見事に変身させたのだ。

現代の読者にとって、メアリ・シェリーが描いてみせたパーシーは最悪の場合でも真実ではない、よく言い表しても未完成であるように思えるかもしれないが、実際に彼女がしたのは、世間の人びとが理解できないだろうと思われたことを削除しただけだった。彼女にとっての最重要事はパーシーの作品であって、彼の人生に起きた具体的なことではなかった。彼女は、パーシーについてもっとも重要であると考えられることを捉え、うまく表現できたと思っていた。それは、彼の芸術と哲学への献身であり、彼女にとっては美徳の象徴であった。もし二人が一緒に過ごした過去の真実をすべて語っていたなら、一九世紀の読者たちは彼の作品を読まなかっただろうし、その作品も失われていただろう。トレローニーは、本を売るために魂を売ったも同前だと不満を漏らしたが、メアリ・シェリーは、文学の市場においては経験が豊かだったのだ。自分の消費者たちが何を好み、何を毛嫌いするかよく知っていた。

パーシーのこの『作品全集』はセンセーショナルな成功を収めた。新規の読者も彼の叙情詩の才能を称賛し、古いスキャンダルは風化していった。しばらくすると、パーシーは偉大なイギリス詩人のひとりとしてもてはやされるようになった。彼は、もはや背教者ではなく「キリスト教の心をもった」人間であり、スキャンダルにまみれた男から文学業界のスターへと華麗な転身を遂げた。メアリ・シェリーはその編集の仕事をあまりに見事にやり遂げたために、その表面下にあるものを掘り返してみようと考える者さえいなかった。

これは部分的には、彼女が、自分が存在する痕跡をほとんど残さないという不可視化の達人になったことに帰因しているだろう。マーガレット・ウォルトン・サヴィル、あるいは『最後のひとり』や『ヴァルパーガ』の「編集者」と同じように、メアリ・シェリーは背景に溶け込んでしまい、彼の作品を再創造（再結成）するために注ぎ込んだ努力を少しも見せなかった。その代わりに、まるでパーシーを、ライオネル・ヴァーニーやヒロインであるファニー・デラムやエリザベス・レイビーのように、彼女が自身の文学作品のなかで生み出した登場人物であるかのように、舞台の中心に立たせた。メアリ・シェリーは何か発言を求められれば、パーシーのように愛や純粋さに捧げた、高貴な魂の持ち主と人生を共に過ごせたことを幸運に思うと答えた。彼と比べると、自分など取るに足りない存在だと主張した。そうしているうちに、またもや登場人物を生み出すことになった。メアリ・シェリーは作家生活でもっとも長く続いた登場人物であり、それはまさに虚構《フイクシヨナル》のメアリ・シェリーであった。

図版 8　メアリ・シェリー，リチャード・ロスウェル作（1839 年）

ヴィクトリア朝に典型的な妻としがない代書人という役割を生きるということである。ヴィクター・フランケンシュタインのクリーチャーのように、この「メアリ・シェリー」は小説家の達人によって生み出されたものだ。そして「詩人シェリー」と実際のパーシーが違うのと同じくらい、その虚構のイメージは実際のメアリ・シェリーとは異なっていた。

パーシーの評価を高める活動に勤しんでいると、彼女自身の名声も高まっていった。一八三九年の冬に、メアリ・シェリーの友人であるリチャード・ロスウェルは、王立芸術院のために彼女の肖像画を描いた（図版8）。この絵のなかで、彼女は襟ぐりの深い黒いドレスを着ている。髪は綺麗に整えられ、顔は青白い。彼女は美しく、哀愁ある雰囲気を漂わせ、すり減っているように見える。実際、彼女はあまりに疲弊しており、画家から悲しみを隠しておくことができなかった。

『一八四〇年、一八四二年、一八四三年におけるドイツ・イタリア漫遊記』（一八四四年）

メアリ・シェリーは疲弊してはいたが、四二歳のときに、ついにヨーロッパ大陸に戻るときがきたと決心を固めた。何年も節約しながら生活してきたおかげで、この旅に必要な費用を貯めることができた。一八四〇年七月に、彼女はパーシー・フローレンスとケンブリッジにいる友人のひとりとともに、イタリアに向けて出発した。そして、過去に重要な出来事が起こった場所を訪れた。このときあまりに満喫したメアリ・シェリーは、二年後にヨーロッパをふたたび訪ねた。今回はヴェネツィアとローマにより長く滞在した。何度も再訪して歓喜したが、同時に悲哀も混ざっていた。クララとウィリアムの墓を探そうとしたが、目印がなく未発見に終わった。彼女は、ローマのプロテスタント墓地にあるパーシーの墓も訪ねていた。

最後の海外旅行からイングランドに帰国すると、メアリ・シェリーは書き綴っていたメモを整理しはじめた。一八四四年一月には、彼女の最後の仕事になる旅行記『ドイツ・イタリア漫遊記』の第一巻を書き終えた。最初の本である『六週間』と同様、そして彼女のすべての本もそうだが、『ドイツ・イタリア漫遊記』は母親に捧げた本である。そして作家人生の最後を飾るにふさわしい作品でもあった。『六週間』のように、自然における崇高の特性を賛美し、政治について掘り下げ、オーストリアによるイタリア占領にみられる悪を暴いた。彼女が目にする芸術を考察し、批評家としての明晰さを証明してみせた。パーシーが翻訳するのを手伝った〔プラトンの〕『饗宴』において論じられている考えにも言及している。彼女は、芸術家が同性どうしの愛を描写したことによって中傷されるべきではないとも書いた。この立場をもし批評家が気づいていたなら、痛烈な非難を招いたであろう。しかし、またもや批評家たちは彼女の批判理論や政治性を見過ごした。誰も彼女の同性愛への賛同、博識、鋭い観察力には気づかなかったのだ。批評家のなかには彼女の語りの魅力を愉しんでいる者もいたが、彼女のオーストリアに敵対する立場を称賛する者はほとんどいなかった。なぜなら、その外交政策は受けがよかったからだ。とはいえ、メアリ・シェリーはこのことで過度に落胆しなかった。誤解されることはお定まりのことだった。批評家たちが気づかなくても、最終的に彼女が勝利することはわかっていたからである。自立した、誰の助けもなく生きられる女性として、すべての本を自分の名前で刊行し、それらの本は彼女の思索や考え、急進的な政治思想、そして文化的批判などで埋め尽くされていた。一八一七年から数えると、彼女は長い年月旅してきたことになる。それは、経済的に恋人に依存し、匿名で最初の何作かを出版し、未婚の母になったことで社会的に追放されたころの話である。いまや彼女は息子を無事育て上げ、大人になってからはほとんどずっと友人や家族を支援することのできたひとりの作家である。

最期の数年間

一八四四年にサー・ティモシーが亡くなり、メアリ・シェリーと彼女の息子は生活の安定というものを初めて享授した。サセックスにあるシェリーの先祖代々受け継がれた家が、ついに二三歳のパーシー・フローレンスのものとなったのである。メアリ・シェリーは安堵したが、彼女はイタリアでの旅のさなかに体調を崩しはじめ、その後二、三年間、病状がしだいに悪化していった。彼女はパーシーのことを心配し、自分が息を引き取る前に彼が幸せな結婚をするのを見とどけたいと思っていた。彼女の心配事のひとつはパーシーが、彼の信じやすい性格につけ込むような、彼に相応しくない女性を選んでしまうのではないかということだった。幸い、一八四八年に、彼はジェインという若い女性と結婚した。分別があり、誠実で、なにより義母に献身的に尽くす女性だった。その後、三年間、メアリ・シェリーはこの若い夫婦とともに暮らし、徐々に弱っていき、ついに一八五一年二月一日に五三歳という年齢で亡くなった。亡くなる最期の一カ月間、彼女は話す力を振り絞ることができなくなり、左足は麻痺して動かなくなった。医師による最終的な診断は脳腫瘍だった。ジェインとパーシー・フローレンスは「彼女の優しく穏やかな魂が逝ってしまったとき」彼女の枕元にいたと、ジェインは一八五一年三月七日に友人アレクサンダー・ベリーに宛てた手紙のなかで回想している。パーシー・フローレンスはひどく打ちのめされた。彼は大学時代を除いてずっと母親と暮らしてきた。二人はともに美しいもの、充足感、そして良き友とともにある人生を苦労して手に入れた。いまや彼は人生の支えを失い、途方に暮れていた。幸いにも、ジェインが彼を癒し、彼の好きなヨット遊びやアマチュア演劇といった娯楽に没頭することを勧めた。

メアリ・シェリーが他界してから数年のあいだに義理の娘ジェインは、ある対策を講じた。それは、いまでも伝記作家や歴史家がショックを受けるような対策である。彼女は義母を、既婚男性と同棲し三人の隠し子をもうけた叛逆的な若い女性としてではなく、敬虔で悲嘆に暮れる未亡人として受容してもらいたいと考えていた。ジェインは、メアリ・シェリーの過去を隠ぺいするために書類を調べ尽くし、手紙を燃やし、日記帳のページを破り取った。彼女はまた、『シェリーの記念碑』と題した本で、真実とは異なるメアリとパーシーの馴れ初め話を書き残した。一八五九年に出版されたこの本は、家族のあらゆる醜聞を一掃するために企画された。メアリ・シェリーがジェインには、パーシーとの関係にまつわる本当の話を伝えていたと訴え、彼女は、かつての若い恋人たちはハリエットが亡くなってからようやく自分たちの気持ちを告白した、と書いた。彼女はまた、二人が恋愛関係にいたったのはパーシーが先導したからであり、そうしたのはメアリ・シェリーではなかったと述べている。

ジェインの努力は大いに実を結んだため、真実が明らかになるまで一〇〇年以上かかった。メアリ・シェリーが本物のパーシー・シェリーの代わりに、天使のようで理想的なヴィクトリア朝の詩人を創造したように、ジェインも、無欲な妻と娘、そして理想的なヴィクトリア朝の女性を創造したのだった。それは、既婚男性に愛を告白し、彼とともにパリへと逃避した情熱的かつ常軌を逸した一六歳の娘、しかもウルストンクラフトの娘ではなかった。メアリ・シェリーの自己肯定感の低さ、献身的な妻以外の何者でもないという描出、そして、パーシーの著作において二人の生活について沈黙を守ったことは、彼女の死後、発表された死亡者略歴と同様に、このようなジェインが描いた人物像を裏づけるものだった。

ジェインとパーシー・フローレンスはフィールドプレイスからイングランド南岸のボーンマスへと引っ越し、ボスクーム荘園と呼ばれる広大な地所を手に入れた。ここでジェインは、偉大な詩人の従順な妻として生きたメアリ・シェリーのイメージを推進し、彼女の義母を神格化した（図版9）。彼女は客間の一角に赤いビロードをかけ、天井を青く塗り、黄色い点を星に見立てた。それからロスウェルによるメアリ・シェリーの肖像画を、ガラス張りのケースの後ろの壁に飾った。そのケースには、メアリ・シェリーの手鏡やメアリ・ウルストンクラフトのアメジストの指輪などの貴重品が入っていた。主要な展示品はパーシーの心臓が収められた壺であり、それは息子のパーシー・フローレンスが、

図版9　ペンダントヘッド（首飾り）に保管されたパーシーとメアリ・シェリーの髪の房

メアリ・シェリーの他界一年後に発見したのだった。母の死後、彼は悲しみに打ちひしがれ、母の書き物机の鍵を開けることができなかった。それをやっと開けられたとき、そこには母の日記とパーシーの詩『アドネイス』の折りたたまれた手稿を発見し、紙に包まれた父親の埃まみれの心臓の欠片があった。

概してヴィクトリア朝社会は、メアリ・シェリーのこのイメージを美徳のかがみとして信奉した。しかし、執念深いトレローニーはメアリ・シェリーのこの偽りの人物像を自分のために利用し、彼女が偽善者であるという自身の主張を広めようとした。それは、自己宣伝を記述したパーシー・シェリーの伝記『シェリー、バイロン、そして著者の記録』(一八七八年)のなかで、いかにシェリーの結婚生活が大失敗であったかということを描いてみせることによっておこなった。

叛逆者かつ掟破りな女性として社会生活をスタートさせたメアリ・シェリーだが、一〇〇年以上ものあいだ、書き手の視点によっては敬虔な妻として知られることもあれば、偽善者として知られることもあった。彼女は、妥協して夫の急進的な価値観を秘匿したり、凡庸な考えで夫の期待を裏切ってしまったり、数多くの矛盾だらけの失敗のために非難されることとなった。少しずつ、人びとは、彼女が急進的な思想で名高いメアリ・ウルストンクラフトの娘であるということを忘れていった。人びとが彼女のことを少しでも知っているとしたら、それは『フランケンシュタイン』の作者としてであり、なかにはパーシーがその作者であるにちがいないと考える人もいたため、多くの人は彼女がその作品を書いたのかさえ疑っていた。

しかし、メアリ・シェリーの最後の公的な活動は、外の世界には可視化されなかったものの、女性の自立や母親の価値観を推進するための取り組みであることを示していた。彼女が死去する数カ月前、彼女の古い友人で、スコットランド出身のイザベラ(バクスター)・ブースが、彼女宛に手紙で、ある頼み事をしてきた。イザベラのために王立文学基金に援助を申し込んでくれないか、という内容である。メアリ・シェリーは、もう何年もイザベラからは音沙汰がなかった。メアリ・シェリーがパーシーと駆け落ちしたあと、夫デイヴィッド・ブースがイザベラにこの友人との文通を許さなかったためである。しかしいまは、長く闘病していた作家の夫を看病していたイザベラは、無一文となり、絶望的な状況に追い込まれていた。メアリ・シェリーは、イザベラとの友情が断絶し、心を折られていたにもかかわらず、死期が近づいて、ほとんど字を書くこともできなくなっても、やはりお金がない状況がどんなものかをわかっていた彼女は、一八五〇年一一月一五日に王立文学基金に宛てて手紙を書き、イザベラの苦境をすべての女性の苦しみとつなげて考えた。「彼女の夫が病気であった状況は、ケアだけでなく勇気をも要した」。というのも、「女性が〔このようなケアを〕一人で引き受け、やり遂げるには、英雄的とさえいえる奮闘が期待されたのだ」と、彼女は綴った。

英雄的な奮闘。この言葉が心に響くのは、それは彼女が最後に書いた言葉だからということもあるが、これは、メアリ・シェリー自身の人生にも言えることだからである。イザベラのように、彼女が直面した困難を乗り越えるためには「英雄的な奮闘」が必要だった。メアリ・シェリーは、一六歳の少女だったころに選択した人生の道や彼女の母親を強く批判した社会のなかで、彼女自身が生きのびるため、そして彼女に依存する人びとのために、九冊の本、五〇以上もの物語、論文、略伝を残した。

王立文学基金は彼女の申請を却下したが、メアリ・シェリーはイザベラに苦しい思いをさせたくなかった。そこで、彼女は遺言書のなかで、パーシーにこの旧友に年間五〇ポンドの手当てを送金するよう頼んだ。このことは、彼女が女性の生活向上にいかに献身的であったかを象徴している。自身の小説、エッセイ、物語のなか、そして舞台裏での静かな活動のなかで、メアリ・シェリーは女性の苦難を人生の原動力としてきた。しかし、この事実は歴史のなかからほとんど消え去ってしまった。彼女の勇気や創造性、作家としての革新性や苦闘が評価されるようになったのは、つい最近のことであ

図版10　若い未亡人として理想化されたメアリ・シェリーの肖像画。死後に描かれた。この絵は，彼女のデスマスクだけでなく，彼女の息子と義理の娘の記憶にもとづいて描かれた。

る。それは、彼女が書いた雑誌などの文章、手紙、日記、そして数十年の重要な批評的研究を入手できるようになったからである。彼女は人生の最晩年まで、女性の権利を擁護することで世界の改革を試みた母親、ウルストンクラフトの言葉にしたがって生きようとした（図版10）。

訳者解説――見えなくされてきたメアリ・シェリー

『フランケンシュタイン』といえば〝メアリ・シェリー〟と即座に結びつく人はどれほどいるだろうか。そもそも、この小説が女性作家によって書かれた小説であること、ましてや一八歳の少女が手がけた作品であることは、一般読者にはあまり知られていないのではないか。二〇世紀の多くの文芸批評家たちは、革新的な作家としてのメアリ・シェリーを忘却の彼方に追いやってきた。『フランケンシュタイン』といえば〝怪物〟というイメージが先行して、長いこと作者自身の政治思想や彼女のフェミニズムは語られてこなかったのだ。

しかし、過去三〇年間でこのような批評の潮流は激変した。メアリ・シェリーの伝記作家や文学研究者たちが、歴史的に過小評価されてきた彼女を再評価することに多くの時間と労力を捧げてきたからだ。メアリ・シェリーの作品や著作を丹念に論じることで、小説家としての独創性、政治思想家としての真摯な態度を知らしめてきた。また、彼女が、母親で最初期のフェミニストでもあるメアリ・ウルストンクラフトから多大な影響を受けていたことを浮かび上がらせてきた。

訳者の博士論文の指導教官でもあったケンブリッジ大学名誉教授ジャネット・トッド先生は、ウルストンクラフト全集の完成と伝記執筆に全研究人生をかけてきた。また、チャールズ・ロビンソンやベティ・T・ベネットの仕事を引き継いだノラ・クルックやパメラ・クレミットは、気の遠くなるような編集作業によってメアリ・シェリー全集の刊行を成し遂げた。そのほかにも、ミュリエル・スパーク、マリリン・バトラー、アン・メロー、アラン・リチャードソン、アラン・ビューウェルといった英文学研究者たちが、メアリ・シェリーが『フランケンシュタイン』の作者にとどまらない優れた書き手であることを訴え続けてきた。

メアリ・シェリー旋風

本書は、二〇二二年にオックスフォード大学出版局から刊行されたVSIシリーズの『メアリ・シェリー *Mary Shelley*』の邦訳であるが、これらの過去数十年の研究の蓄積が反映された作品論と伝記的情報が見事に融合された入門書である。アメリカ人の著者シャーロット・ゴードンは、エンディコット大学の栄誉教授であり、作家でもある。彼女は、メアリ・ウルストンクラフトとメアリ・シェリーの数奇な人生を描いた著書、『ロマンティック・アウトローズ *Romantic Outlaws*』(二〇一五年)(1)で全米批評家協会賞ノンフィクション部門を受賞した。本書では、広く誤解されてきたメアリ・シェリーの生きざまや思想について問題提起することに主眼をおいている。

歴史的に黙殺されてきたこのゴシック作家メアリ・シェリーが、現在、驚くべきことに、エンターテイメントの世界において旋風を巻き起こしている。ニック・ディア脚本の『フランケンシュタイン』(ベネディクト・カンバーバッチとジョニー・リー・ミラー主演)が二〇一一年に初演され、その映像作品が日本でも上映されたため、大きな話題となった[2]。ハイファ・アル＝マンスール監督による伝記映画『メアリの総て *Mary Shelley*』(二〇一七年公開)では、『フランケンシュタイン』の誕生秘話をめぐるメアリ・シェリーの伝記的エピソードが注目を集めた[3]。アル＝マンスール監督は、彼女がいかに母親のウルストンクラフトの本を何度も読み返していたかを描き、その影響力を強調している。それによって、彼女がバイロン卿や夫パーシーとともに才能を発揮し、その小説も革新性に満ちていたことを表現した。

日本では今年公開され、話題を呼んでいるアラスター・グレイ原作の映画化作品『哀れなるものたち *Poor Things*』(二〇二三年公開)[4]では、メアリ・シェリーの自由奔放な生き方が、そして母親ウルストンクラフトのフェミニズムが華々しく返り咲いた。この映画は、ヨルゴス・ランティモス監督のディレクションとエマ・ストーンの真に迫る演技によって、好奇心旺盛で自由奔放なベラ・バクスターという強烈なキャラクターが生み出された。

ベラは、家父長的な社会では女性には許されないさまざまなタブーを破っているが、そのうちのひとつが彼女も経験する男性顔負けの冒険である。小説、映画のいずれにおいても、ベラがさまざまな地域を旅することによって見聞を広めることが前景化されているが、この冒険は、メアリ・シェリーとのちに夫となるロマン派詩人のパーシー・シェリーが駆け落ちして、ヨーロッパ大陸を旅した経験を映し出している。ベラもメアリ・シェリーも、一般通念で考えられていた「女らしさ」という性規範を乗り越え、フランスや北欧にまで旅をしたウルストンクラフトの冒険心や自由主義の影響を大いに受けている。(5)

シングルマザーの経済不安

ウルストンクラフトは『女性の権利の擁護』では、セクシュアリティに関する選択をめぐり、女性がいかに男性に媚びずに主体性を持ち、行動することが重要かを訴えている。彼女は、『女性の権利の擁護』執筆後にアメリカの商人で作家のギルバート・イムレイと出会い、関係を結び、二人のあいだにファニーという娘が生まれる。しかし関係が破綻し、それによって数多くの苦悩や絶望を味わうものの、彼女もただでは起き上がらない。その経験の豊かさを『北欧からの手紙』(6)や『女性の虐待あるいはマライア』(7)などの執筆に活かし、苦境さえ生きていくための燃料にしている。

ウルストンクラフトが女性著述家としての地位を確立するまでの苦労も、おそらく現代の私たちには想像もつかないだろう。彼女は家計を破綻させた父親の代わりに家族を養うため、一か八か、社会に出て働きはじめるのだが、当時の中流階級の女性にとって結婚せず生計を立てることは容易なことではなかった。ウルストンクラフトはアイルランドで家庭教師をしたのちロンドンに移住し、急進派思想家らの書物刊行を請け負っていたジョセフ・ジョンソンのもとで書評原稿などを量産し、なんとか生活することができた。また、妹が夫の暴力に苦しんでいた窮地を救ったり、事実婚の相手ギルバート・イムレイに実子とともに捨てられたり、波乱に満ちた人生であった。ウルストンクラフトは、メアリ・シェリーの父親となるウィリアム・ゴドウィンと出会う前に二度自殺を試みており、そのうちの一回は川に身を投げていた。ウルストンクラフトはなぜ自殺しようと思ったのだろうか。結婚は女性を家庭に閉じ込める。しかし、未婚の母になったとしても、女性は社会から追放されてしまう。ウルストンクラフトはこのようなジレンマを抱えていた。

娘のメアリ・シェリーも、パーシーと駆け落ちする選択をしたことによって、たしかに後世に残る傑作を書くことはできた。それでも、やはりパーシーが他界してからは、彼女の母親同様、シングルマザーとしての経済不安を生き続けることになった。『哀れなるものたち』は、女性が過度な性的抑圧を強いられるなか、セクシュアリティをめぐるダブルスタンダードや、男女間の不平等に苦しめられる女性の生を描いている。

メアリ・シェリーの名誉回復

二〇世紀の文学研究は、メアリ・シェリーとウルストンクラフトの母娘を結びつけるというより、二人を対極に位置する存在として捉えてきた。長いこと看過されてきたメアリ・シェリーの功績について、ゴードンは次のように指摘している。

……メアリ・シェリーが公に発表している言葉や、文学におけるその改革的な試みの奥深さや広がりにもかかわらず、また小説でも女性の権利を擁護していたにもかかわらず、最近までほとんどの読者は、ウルストンクラフトが彼女の娘に与えた影響の大きさを把握しきれていなかったのである。このような見過ごしはメアリ・シェリーの人生や作品に関する誤解から生じ、またそれと同時に、彼女の人生や作品に関するさらなる誤解を生み出すことにもつながった。メアリ・シェリーを保守的である、あるいは、もっと酷い場合には偽善的であると評価した批評家らは、母と娘を対極に位置する存在として捉えていた。（本文二二一～二二三ページ）

メアリ・シェリー自身は、ウルストンクラフトのフェミニズムの教義に忠実に生き、自由を摑みとろうとしていたにもかかわらず、彼女の保守性ばかりが注目されてしまった。それは、『フランケンシュタイン』に描かれる女性キャラクターたちが無力な犠牲者として描かれていること、またメアリ・シェリーの力量を低く見積ったパーシー・シェリーの友人、エドワード・トレローニーの手厳しい批評に起因していた。後世の研究者たちがトレローニーの評価を無批判に受け入れていたのだ。

ゴードンが本書でも説明しているとおり、メアリ・シェリーが保守的であると誤解されてきたのは、彼女の息子パーシー・フローレンスの妻（メアリの義理の娘）であるジェイン・シェリーがそういうフィクションを喧伝したからである。彼女はメアリ・シェリーの手紙を燃やしたり、彼女の日記を破り捨てたりして、外聞の悪い過去を秘匿することによって、保守的なヴィクトリア朝時代の人びとにできるかぎり受け入れられるよう力を尽くした。その結果、フェミニストとしてのメアリ・シェリーは影を潜めてしまった。

これほど誤解されてきたメアリ・シェリーの名誉を回復し、『メアリの総て』や『哀れなるものたち』といった伝記映画やアダプテーション映画が脚光を浴びるまでになる文化的土壌の準備をしてきたのは、先述したとおり、二、三〇年間にわたる研究の蓄積であるということを忘れてはならない。彼ら、彼女たちの研究のおかげで、私たちは、メアリ・シェリーという作家が『フランケンシュタイン』以外にも、八つの長篇小説、そして五〇以上の短篇やエッセイを出版し、夫パーシーによる数多くの詩や散文も編集・編纂したという輝かしい功績があることを知るまでになった。

そういう意味でも、本書の第5章と第6章は白眉である。たしかに、『フランケンシュタイン』に登場するエリザベスやジュスティーヌは、ヴィクター・フランケンシュタインという科学者に創造されたクリーチャーに死に至らしめられ、抵抗できない無力な女性たちというイメージが支配的ではある。しかし、一八二三年に刊行された『ヴァルパーガ』のヒロイン、ユーサネイジアのなかに、メアリ・シェリーは希望を見いだしている。暴君カストルッチョは、ヴィクター・フランケンシュタインのように、はかりしれない野望を抱き、帝国を強固にするために愛する者たちを傷つける指導者だが、ユーサネイジアはいかに彼の暴政に立ち向かうべきかを、ケア、思いやり、配慮という非暴力の実践によって抵抗している。

このような非暴力のエンパワメントは、メアリ・シェリー独自のフェミニズムの実践を端的に表してもいるだろう。たしかにメアリ・シェリーは、ウルストンクラフトのように政治パンフレットを刊行して女性の権利を擁護しなかったかもしれない。しかし、小説のなかでは男性の暴虐、暴力に抗する女性を描き、実人生においても、女性の友人たちのために尽力した。また、彼女は、男女関係なく人を助けるという活動を続けたのだ。亡き夫パーシーの文学的な遺産を確固たるものにするためにも身を削ったが、彼の作品集の完全版を編纂する過程では、自分たちのラディカル性を抑制する工夫までした。メアリ・シェリーは、世間の人びとに自分の夫を詩人として認めてもらうためには、彼の急進的な思想に触れないほうがよいことを理解していた。一九世紀の時代の要請が、メアリ・シェリーに、過去の語り直しについて慎重にさせていたのだ。

メアリ・シェリーが作家として備えている高い教養や、彼女の叛逆的な性質に注目しながら再評価する本書は、『フランケンシュタイン』のアダプテーション映画や彼女の伝記映画が続々と話題を呼んでいる一連の流れのなかにあると考えてよいだろう。多岐にわたるテーマを扱ったいくつものメアリ・シェリーの作品や散文について、その伝記的な背景を絡めて論じる画期的な一冊となっている。

＊

本書の翻訳は、基本的には訳者自らがおこなったが、二〇二二年に慶應義塾大学文学部で演習を担当したときの学生のみなさんと一緒に、部分的な邦訳を試みた。その授業でメアリ・シェリーの作品の解説をするために小説を何度も読み込んだことで、これらの作品理解がさらに深まったように思う。受講してくださった学生のみなさんに感謝している。また、その演習を担当する機会を与えてくださった慶應義塾大学の原田範行教授には心よりの謝辞を述べたい。企画と編集をご担当くださったのはフリー編集者の勝康裕氏、それから白水社の竹園公一朗氏である。ありがとうございました。翻訳作業が大幅に遅れてしまったにもかかわらず、白水社には最後まで忍耐強く待っていただいた。

訳者の博士論文は、メアリ・シェリー、メアリ・ウルストンクラフト、ウィリアム・ゴドウィンをテーマとしたものであった。ご指導をくださったジャネット・トッド教授には、論文の書き方はもちろんのこと、女性たちがこれまでどのように家父長制的な価値観に抗い続けてきたかを、ご自身の人生経験を通しても情熱的に教えてくださった。

一九世紀から二〇世紀を通して忘却されてきたメアリ・シェリーという作家がどのようにして誤解されてきたのかを、その歴史的・伝記的な背景とともに考えることで、すべての女性に共通するであろう問題——つまり母、娘、妻たちが父や夫の陰で見えなくされてきたという問題——が浮かび上がる。また、母と娘の関係も一筋縄ではいかない。母ウルストンクラフトに強烈な憧れの念を抱きつつも、時代がそれを許さなかった。しかしメアリ・シェリーは、母とは異なる方法で弱きものたちの代弁者となり、困っている人たちのケアを引き受ける人間となった。

訳者も幸運なことに、ケア精神に溢れた両親に恵まれた。メアリ・シェリーのように〝自由〟を探求することを励ましてくれた父と母に心から感謝している。ケアの価値を再評価したメアリ・シェリー研究ともいえる本書を通して、〈『フランケンシュタイン』の作者〉としてだけでない彼女の魅力を知っていただけるなら幸いである。

二〇二四年九月

小川　公代

（1）　Sharotte Gordon, *Romantic Outlaws: The Extraordinary Lives of Mary Wollstonecraft and Mary Shelley* (New York: Random House, 2015).

（2）　二〇一四年にニック・ディア脚本、ダニー・ボイル演出によって舞台化されたナショナル・シアター・ライヴの話題作。

（3）　サウジアラビア出身のハイファァ・アル＝マンスール監督による映画。彼女は女性の視点からメアリ・シェリーの人生を再解釈し、彼女に作家としての正当な評価を与えている。

（4）　映画『哀れなるものたち』は、主演女優賞受賞、衣裳デザイン賞、メイクアップ&ヘアスタイリング賞、美術賞などを受賞している。

（5）　二〇二五年には、伝記映画がミア・ハンセン＝ラブ監督の手により、母親でフェミニズムの先駆的な存在でもあるメアリ・ウルストンクラフトの伝記映画も製作されるようである。

（6）　メアリ・ウルストンクラフト／石幡直樹訳『ウルストンクラフトの北欧からの手紙』（法政大学出版局、二〇一二年）。

（7）　メアリ・ウルストンクラフト／川津雅江訳『女性の虐待あるいはマライア』（あぽろん社、一九九七年）。

索　引

読書案内

メアリ・シェリーの書簡と日記

Betty T. Bennett（ed.）, *The Letters of Mary Wollstonecraft Shelley*, 3 vols（Baltimore: Johns Hopkins University Press, 1980–8）.

Paula R. Feldman and Diana Scott-Kilvert（eds）, *The Journals of Mary Shelley, 1814–1844*（Baltimore: Johns Hopkins University Press, 1987）.

メアリ・シェリーの全集

Nora Crook（gen. ed.）, *The Novels & Selected Works of Mary Shelley*, 8 vols（London: Pickering & Chatto, 1996）.

Betty T. Bennett and Charles Robinson（eds）, *The Mary Shelley Reader*（Oxford: Oxford University Press, 1990）.

刊行されている『フランケンシュタイン』の版

Charles Robinson（ed.）, *Mary Shelley*（*with Percy Shelley*）, *The Original Frankenstein: Two New Versions: Mary Shelley's Earliest Draft and Percy Shelley's Revised Text*（New York: Vintage, 2011）.

Charles Robinson（ed.）, *The Frankenstein Notebooks*, 2 vols（New York: Routledge, 1996）.

Mary Shelley, *Frankenstein: The 1818 Text*（reprint, New York: Penguin, 2018）.

Mary Shelley, *Mary Shelley's Frankenstein*（*1831*）. *Norton Critical Edition*（New York: W. W. Norton, 1996）.

〔『フランケンシュタイン』の邦訳は複数あるが，たとえば，芹澤恵訳，新潮文庫，2015 年 ; 臼田昭訳，国書刊行会，1979 年などがある。〕

他の厳選された個々の作品

Mary Shelley, *A History of a Six Weeks Tour Through a Part of France, Switzerland, and Holland*（London: T. Hookham, and C. and J. Ollier, 1817）. Available online:

〈https://www.google.com/books/edition/History_of_a_Six_Weeks_Tour_Through_a_Pa/u1YJAAAAQAAJ?hl=en&gbpv=0〉〔メアリ・シェリー／阿部美春訳『フランス，スイス，ドイツ，オランダの一地域をめぐる六週間の旅行記』，上野和廣監修／シェリー研究会訳『鷲と蛇の闘い――シェリー中期散文集』南雲堂，2016 年所収〕.

Lisa Vargo（ed.）, *Lodore*（London: 1833; Ontario: Broadview Press, 1997）.

Janet Todd（ed.）, *Matilda* in *Mary Wollstonecraft: Mary and Maria; Mary Shelley: Matilda*（London: Penguin Classics, 1992）〔メアリ・シェリー／市川純訳『マチルダ』彩流社，2018 年〕.

Mary Shelley, *The Last Man*（Oxford: Oxford University Press, 1998）, introduction by Morton Paley〔メアリ・シェリー／森道子・島津展子・新野緑訳『最後のひとり』英宝社，2007 年〕.

Mary Shelley, *Valperga*（Oxford: Oxford University Press, 2000）.

'Giovanni Villani', *The Mary Shelley Reader*, 329–33.

'On Ghosts', *The Mary Shelley Reader*, 334–40.

'Transformation', *The Mary Shelley Reader*, 286–300.

Mary Shelley, *The Fortunes of Perkin Warbeck*（London, 1830）.

Mary Shelley（and others）, *Lives of The Most Eminent French Writers*（Philadelphia: Lea and Blanchard, 1840）.

Mary Shelley, *Falkner*, 3 vols（London: Saunders and Otley, 1837）.

Mary Shelley（ed.）, Percy Shelley, *Posthumous Poems*（London: John and Henry Hunt, 1824）.

評 論 集

Helen M. Buss, D. L. Macdonald, and Anne McWhir（eds）, *Mary Wollstonecraft and Mary Shelley: Writing Lives*（Waterloo, Ont.: Wilfrid Laurier University Press, 2001）.

Syndy M. Conger, Frederick S. Frank, and Gregory O'Dea（eds）, *Iconoclastic Departures: Mary Shelley after Frankenstein*（Madison: University of Wisconsin Press, 1997）.

Michael Eberle-Sinatra and Nora Crook（eds）, *Mary Shelley's Fictions: From Frankenstein to Falkner*（New York: Macmillan, 2000）.

Audrey Fisch, Anne K. Mellor, and Esther H. Schor（eds）, *The Other Mary Shelley: Beyond Frankenstein*（Oxford: Oxford University Press, 1993）.

Esther Schor（ed.）, *The Cambridge Companion to Mary Shelley*（Cambridge: Cambridge University Press, 2003）.

伝記やグループ化された研究

Betty T. Bennett, *Mary Wollstonecraft Shelley: An Introduction* (Baltimore: Johns Hopkins University Press, 1994).

Betty T. Bennett and Stuart Curran, *Mary Shelley in Her Times* (Baltimore: Johns Hopkins Press, 2000).

Charlotte Gordon, *Romantic Outlaws: The Lives of Mary Wollstonecraft and Mary Shelley* (New York: Random House, 2015).

Daisy Hay, *Young Romantics: The Tangled Lives of English Poetry's Greatest Generation* (New York: Farrar, Straus and Giroux, 2010).

William St Clair, *The Godwins and the Shelleys: The Biography of a Family* (London: Faber, 1989).

Miranda Seymour, *Mary Shelley* (New York: Grove/Atlantic, 2000).

Fiona Simpson, *In Search of Mary Shelley: The Girl Who Wrote Frankenstein* (London: Pegasus Books, 2018).

Emily Sunstein, *Mary Shelley: Romance and Reality* (Baltimore: Johns Hopkins University Press, 1989).

Angela Wright, *Mary Shelley* (Cardiff: University of Wales Press, 2018).

第 1 章　遺　　産

Athenaeum, 15 February 1851, no. 1216, p. 191.

Betty T. Bennett, 'Finding Mary Shelley in Her Letters', in *Romantic Revisions*, ed. Robert Brinkley and Keith Hanley (Cambridge: Cambridge University Press, 1992).

Betty T. Bennett, 'Mary Shelley's Letters: The Public/Private Self ', in *The Cambridge Companion*.

Eileen Hunt Botting, 'From Revolutionary Paris to Nootka Sound to Saint-Domingue: The International Politics and Prejudice behind Wollstonecraft's Theory of the Rights of Humanity, 1789–91', *Journal of International Political Theory* (2020): 1–20.

Julie Carlson, *England's First Family of Writers: Mary Wollstonecraft, William Godwin, Mary Shelley* (Baltimore: Johns Hopkins Press, 2007).

Ranita Chatterjee, 'Filial Ties: Godwin's *Deloraine* and Mary Shelley's Writings', *European Romantic Reviews* 18 no. 1 (2007): 29–41. Taylor and Francis Online.

Pamela Clemit and Gina Luria Walker (eds), William Godwin, *Memoirs of the Author of a Vindication of the Rights of Woman*, Broadview Literary Texts (Peterborough, Ont.: Broadview Press, 2001).

E. J. Clery, 'Mary Wollstonecraft: A Feminist Exile in Paris', *Litteraria Pragensia* 29 no.

57（2019）〈http://litteraria-pragensia.ff.cuni.cz/front.issue/detail/59〉.

William Godwin, *Memoirs of the Author of a Vindication of the Rights of Woman*, 2nd edn（London, 1798）〔ウィリアム・ゴドウィン／白井厚・堯子訳『メアリ・ウルストンクラーフトの思い出——女性解放思想の先駆者』未來社，1970年〕.

Charlotte Gordon, *Romantic Outlaws: The Lives of Mary Wollstonecraft and Mary Shelley*（New York: Random House, 2015）.

Richard Holmes, *The Pursuit*（New York: New York Review Books, 1994）.

Claudia Johnson, 'Introduction', in *The Cambridge Companion*, 1–5.

Cora Kaplan, 'Mary Wollstonecraft's Reception and Legacies', in *The Cambridge Companion*, 246–70.

Anne Mellor, *Mary Shelley: Her Life, Her Fiction, Her Monsters*（New York: Routledge, 1988）.

Mitzi Myers, 'Mary Wollstonecraft Shelley: The Female Author between Public and Private Spheres', in *Mary Shelley in Her Times*.

Victoria Myers, David O'Shaughnessy, and Mark Philp（eds）, *The Diary of William Godwin*（Oxford: Oxford Digital Library, 2010）〈http://godwindiary.bodleian.ox.ac.uk〉.

On 'Prostitution', Miranda Seymour, *Mary Shelley*. See also *European Magazine*, April 1798（33: 246–51）.

Mary Poovey, *The Proper Lady and the Woman Writer: Ideology as Style in the Works of Mary Wollstonecraft, Mary Shelley, and Jane Austen*（Chicago: University of Chicago Press, 1984）.

Miranda Seymour, *Mary Shelley*（New York: Grove/Atlantic, 2000）.

Mary Shelley, 'Preface', *Complete Poetical Works of Percy Bysshe Shelley*, 2 vols, ed. Thomas Hutchinson（Oxford: Oxford University Press, 1914）.

'Mary Shelley's Obituary', *The Literary Gazette*, 22 February 1851.

Muriel Spark, *Child of Light: A Reassessment of Mary Wollstonecraft Shelley*（Hadleigh: Tower Bridge, 1951）. Expanded edition published as *Mary Shelley*（London: Carcanet, 2013）.

Edward Trelawny, *Records of Shelley, Byron and the Author*（London, 1878）〔E・J・トリローニィ／渡辺陸三訳『バイロン，シェリー追想記』渡辺まさ子，1988年〕. Also, *Letters of Edward John Trelawny*, ed. Henry Buxton Forman（London: Henry Frowde, Oxford University Press, 1910）.

Janet Todd（ed.）, Mary Wollstonecraft, *The Collected Letters of Mary Wollstonecraft*（New York: Columbia University Press, 2003）.

Mary Shelley's portrait of a father and daughter can be found in 'The Elder Son', *Mary Shelley: Collected Tales and Stories*, ed. Charles E. Robinson（Baltimore: Johns Hopkins University Press, 1976）.

第2章　ゴシックの叛逆

Pamela Clemit and A. A. Markley（eds）, *Life of William Godwin, Poems, Translations, Uncollected Prose*, Volume 4 of *Mary Shelley's Literary Lives and Other Writings*, gen. ed. Nora Crook, 4 vols, Pickering Masters Series（London: Pickering & Chatto, 2002）, pp. xiii–xxvii, 1–381.

E. J. Clery, *Women's Gothic: From Clara Reeve to Mary Shelley*（Horndon: Northcote House Publishers Ltd, 2000 and 2004）.

Ernest Hartley Coleridge（ed.）, *Letters of Samuel Taylor Coleridge*, 2 vols（Boston: Houghton Mi®in, 1895）.

William Godwin, *An Enquiry Concerning Political Justice and Its Influence on Morals*, 2 vols（London: Robinson, 1798）〔ウィリアム・ゴドウィン／加藤一夫訳『政治的正義』世界大思想全集 17，春秋社，1930 年〕.

William Godwin, *Memoirs of the Author of a Vindication of the Rights of Woman*, 2nd edn（London, 1798）〔ウィリアム・ゴドウィン／白井厚・尭子訳『メアリ・ウルストンクラーフトの思い出――女性解放思想の先駆者』未來社，1970 年〕.

William Godwin, *Memoirs of the Author of a Vindication of the Rights of Woman*（London; J. Johnson, 1798）〔ウィリアム・ゴドウィン『メアリ・ウルストンクラーフトの思い出』未來社，1970 年〕.

Thomas Hogg, *The Life of Percy Bysshe Shelley*（London, 1858）.

'Harriet Shelley to Catherine Nugent', ? October 1814, quoted in Seymour, *Mary Shelley*.

Anne Mellor and Noelle Chao（eds）, Mary Wollstonecraft, *'A Vindication of the Rights of Woman' and 'The Wrongs of Woman; or Maria'*（London: Pearson, 2007）〔メアリ・ウルストンクラーフト／白井堯子訳『女性の権利の擁護――政治および道徳問題の批判をこめて』未來社，1980 年；メアリ・ウルストンクラフト／川津雅江訳『女性の虐待あるいはマライア』あぽろん社，1997 年〕.

Mary Wollstonecraft Shelley, 'Life of Shelley'（1823）, Bodleian, facsimile and transcript ed. A. M.Weinberg, Bodleian Shelley Manuscripts, 22 pt 2（1997）, 266–7.

Mary Wollstonecraft, 'Unfortunate Situation of Females, Fashionably Educated, and Left Without a Fortune', in *Thoughts on the Education of Daughters: with Reflections on Female Conduct, in the more Important Duties of Life*（London: J. Johnson, 1787）, 69–78〔メアリ・ウルストンクラフト「上流の教育を受け，財産なく見捨てられた女性の不幸な状況」『娘達の教育について』，清水和子・後藤浩子・梅垣千尋訳『人間の権利の擁護；娘達の教育について』京都大学学術出版会，2020 年所収〕.

Dorothy Wordsworth, *Recollections of a Tour Made in Scotland, 1803*, ed. Carol Kyros Walker（New Haven: Yale University Press, 1997）.

Angela Wright, *Gothic Fiction*（New York: Palgrave Macmillan, 2007）.
Angela Wright, *Mary Shelley*（Cardiff: University of Wales Press, 2018）.

第 3 章　『フランケンシュタイン』

Patrick Brantlinger, 'The Reading Monster', reprinted in Mary Shelley's *Frankenstein*, Norton Critical Edition（New York: W. W. Norton, 1996）.
Marilyn Butler, 'The First *Frankenstein* and Radical Science', *Times Literary Supplement*, 1 Jan. 1993, reprinted in Mary Shelley's *Frankenstein*, Norton Critical Edition（New York: W. W. Norton, 1996）.
'Frankenstein; or the Modern Prometheus', *The Literary Panorama*, vol. 8, April 1818.
Jane Goodall, 'Electrical Romanticism', reprinted in Mary Shelley's *Frankenstein*, Norton Critical Edition（New York: W. W. Norton, 1996）.
Anne Mellor, 'Making a Monster: An Introduction to *Frankenstein*', in *The Cambridge Companion*.
Anna Mercer, *The Collaborative Literary Relationship of Percy Bysshe Shelley and Mary Wollstonecraft Shelley*（New York: Routledge, 2019）.
'Review of *Frankenstein*', *The Scots Magazine and Edinburgh Literary Miscellany*, 81（Edinburgh: Archibald Constable & Co., 1818）.
James O'Rourke, 'Nothing More Unnatural: Mary Shelley's Revision of Rousseau', *English Literary History* 56 no. 3（1989）: 543–69.
Adam Potkay, '*Frankenstein* in the History of Happiness: From Ancient Ethics to Richard Wright', *The Keats-Shelley Review* 34 no. 1（2020）: 35–45. DOI: 10.1080/09524142.2020.1761113.
Charles E. Robinson, 'A Mother's Daughter: An Intersection of Mary Shelley's *Frankenstein* and Mary Wollstonecraft's *A Vindication of the Rights of Woman*', in *Writing Lives*.
Walter Scott, 'Remarks on *Frankenstein*', *Blackwood's Edinburgh Magazine*, March 1818.
Mary Wollstonecraft, *Letters Written During a Short Residence in Sweden, Norway, and Denmark*（London: J. Johnson, 1796）〔メアリ・ウルストンクラフト／石幡直樹訳『ウルストンクラフトの北欧からの手紙』法政大学出版局，2012 年〕.
Paul Youngquist and Orrin N.C.Wang, 〈http://romantic-circles.org/reference/chronologies/mschronology/reviews.html〉.

第 4 章　初期の女性の語り手

Pamela Clemit, '*Frankenstein*, *Matilda*, and the Legacies of Godwin and Wollstonecraft', in *The Cambridge Companion*, 26–44.

Margaret Cohen, *The Sentimental Education of the Novel* (Princeton: Princeton University Press, 2018).

Benjamin Colbert, 'Contemporary Notice of the Shelleys' *History of a Six Weeks' Tour*: Two New Early Reviews', *Keats–Shelley Journal* 48 (1999): 22–9.

Jenny DiPlacidi, 'Introduction', in *Mathilda & Other Stories* (Hertfordshire: Wordsworth Editions Ltd., 2013).

Michelle Faubert, 'A Family Affair: Ennobling Suicide in Mary Shelley's *Matilda*', *Essays in Romanticism* 20 no. 7 (2013): 101–28. DOI: 10.3828/eir.2013.20.7.

Deana P. Koretsky, 'The Interracial Marriage Plot: Suicide and the Politics of Blood in Romantic-Era Women's Fiction', *Studies in the Literary Imagination* 51 no. 1 (2018): 1–18. DOI: 10.1353/sli.2018.0001.

Jeanne Moskal, 'Mary Shelley's Travel Writings', in *The Cambridge Companion*, 242–58.

Paul Stock, 'Liberty and Independence: The Shelley_Byron Circle and the State(s) of Europe', *Romanticism* 15 no. 2 (2009): 121–30. 〈http://eprints.lse.ac.uk/32163/1/Liberty%20and%20Independence%20The%20Shelley%E2%80%93Byron%20Circle%20(LSERO).pdf〉.

Angela Wright, *Mary Shelley* (Cardiff: University of Wales Press, 2018).

第５章　『ヴァルパーガ』，『最後のひとり』，『パーキン・ウォーベックの運命』，そして新たな『フランケンシュタイン』（1821〜1831年）

Betty T. Bennett, *Mary Wollstonecraft Shelley: An Introduction* (Baltimore: Johns Hopkins University Press, 1994).

Betty T. Bennett, *Mary Diana Dods: A Gentleman and a Scholar* (New York: Morrow, 1991).

John Bugg, 'Teaching Frankenstein and Race', *The Keats-Shelley Review* 34 no. 1 (2020): 22–34. DOI: 10.1080/09524142.2020.1761111.

E. J. Clery, *Women's Gothic: From Clara Reeve to Mary Shelley* (Horndon: Northcote House Publishers Ltd, 2000 and 2004).

Michael Eberle-Sinatra, 'Gender Authorship and Male Domination: Mary Shelley's Limited Freedom in *Frankenstein* and *The Last Man*', in *Mary Shelley's Fictions*.

Neil Fraistat, 'Illegitimate Shelley: Radical Piracy and the Textual Edition as Cultural Performance', *PMLA* 109 no. 3 (1994).

Erin L.Webster Garret, 'The Politics of Ambivalence: Romance, History, and Gender in Mary Wollstonecraft Shelley's *Fortunes of Perkin Warbeck*', The Free Library (Indiana University, 2007). Retrieved 21 July 2021 from 〈https://www.thefreelibrary.com/The+politics+of+ambivalence%3a+romance%2c+history%2c+and+gender+in+Mary+W....-a0174818260〉.

Charlotte Gordon, *Romantic Outlaws: The Lives of Mary Wollstonecraft and Mary Shelley*（New York: Random House, 2015）.

Barbara Johnson, 'The Last Man', in *The Other Mary Shelley*.

Maggie Kilgour, 'One Immortality: The Shaping of the Shelleys in *The Last Man*', *European Romantic Review* 16 no. 5（2005）: 563–88.

Joseph Lew, 'God's Sister: History and Ideology in *Valperga*', in *The Other Mary Shelley*.

Literary Gazette, no. 319（1 March 1823）: 132–3.

Deidre Lynch, 'Historical Novelist', in *The Cambridge Companion*.

H. L. Malchow, 'Frankenstein's Monster and Images of Race in Nineteenth-Century Britain', *Past and Present* 139（May 1993）: 90–130. http://www.jstor.org/stable/651092.

Ann Mellor, '*Frankenstein*, Racial Science, and the Yellow Peril', reprinted in Mary Shelley's *Frankenstein*. Norton Critical Edition（New York: W. W. Norton, 1996）.

Ann Mellor, 'Possessing Nature: The Female in Frankenstein', reprinted in Mary Shelley's *Frankenstein*. Norton Critical Edition（New York: W. W. Norton, 1996）.

Barbara Jane O'Sullivan, 'Beatrice in *Valperga*: A New Cassandra', in *The Other Mary Shelley*.

Morton Paley, 'The Last Man: Apocalypse without Millennium', in *The Other Mary Shelley*.

Morton Paley, 'Introduction', *The Last Man*（Oxford: Oxford University Press, 1998）.

Karen Lynnea Piper, 'Inuit Diasporas: Frankenstein and the Inuit in England', *Romanticism* 13 no. 1（2007）: 63–75. Project MUSE muse.jhu.edu/article/214804.

Tilottama Rajan, 'Between Romance and History: Possibility and Contingency in Godwin, Leibniz, and Mary Shelley's Valperga', in *Mary Shelley in Her Times*.

Robert Reid, *The Peterloo Massacre*（London: William Heinemann. 1989）.

Michael Rossington, 'The Republican Tradition and Its Destiny in *Valperga*', in *Mary Shelley in Her Times*.

Edward Trelawny, *Recollections of the Last Days of Byron and Shelley*（London: Edward Moxon, 1858）〔E・J・トリローニィ／渡辺陸三訳『バイロン，シェリー追想記』渡辺まさ子，1988 年〕.

Ann M. Frank Wake, 'Women in the Active Voice: Recovering Female History in Mary Shelley's *Valperga* and *Perkin Warbeck*', in *Iconoclastic Departures*.

Samantha Webb, 'Reading the End of the World: *The Last Man*, History and the Agency of Romantic Authorship', in *Mary Shelley in Her Times*.

Susan Wolfson, 'Introduction: *Frankenstein*, Race and Ethics', *The Keats-Shelley Review* 34 no. 1（2020）: 12–21〈https://www.tandfonline.com/doi/full/10.1080/09524142.2020.1761110（DOI: 10.1080/09524142.2020.1761110）〉.

Angela Wright, *Mary Shelley*（Cardiff: University of Wales Press, 2018）.

第6章　最後の仕事，1835～1844年

Kate Ferguson Ellis, 'Falkner and Other Fictions', in *The Cambridge Companion*.
Bryn Gravitt, 'A Feminist Utopia? Revisions of Family in Mary Shelley's *Falkner*', *Parlour: A Journal of Literary Criticism and Analysis*（21 September 2016）〈https://www.ohio.edu/cas/parlour/news/library/mary-shelleys-falkner〉.
Gary Kelly, 'The Politics of Autobiography in Mary Wollstonecraft and Mary Shelley', in *Writing Lives*.
Greg Kucich, 'Biographer', in *The Cambridge Companion*.
Jeanne Moskal, 'Introductory Note to *Rambles*', in *The Novels and Selected Works of Mary Shelley*, vol. 8, ed. Jeanne Moskal（London: Pickering and Chatto, 1996）.
Jeanne Moskal, 'Speaking the Unspeakable: Art Criticism in Shelley's *Rambles*', in *Writing Lives*.
Eliza Rennie, 'An Evening at Dr Kitchiner's', in *Friendship's O.ering*（London, 1842）, 2: 243–9.
Julia Saunders, 'Rehabilitating the Family in Mary Shelley's Falkner', in *Mary Shelley's Fictions*.
Miranda Seymour, *Mary Shelley*（New York: Grove/Atlantic, 2000）.
Melissa Sites, 'Re/membering Home: Utopian Domesticity in Mary Shelley's *Lodore*', *A Brighter Morn: The Shelley Circle's Utopian Project*, ed. Darby Lewes（Lanham, Md: Lexington Books, 2003）.
Melissa Sites, 'Utopian Domesticity as Social Reform in Mary *Shelley's Falkner*', *Keats-Shelley Journal* 54（2005）: 148–72.
Fiona Stafford, '*Lodore*: A Tale of the Present Time?', in *Mary Shelley's Fictions*.
'Mary Wollstonecraft Shelley's Obituary', *The Leader*, 1851, quoted in Emily Sunstein, *Mary Shelley*, 384.
Lisa Vargo, 'Further Thoughts on the Education of Daughters: *Lodore* as an Imagined Conversation with Mary Wollstonecraft', in *Writing Lives*.
Nicholas Williams, 'Angelic Realism: Domestic Idealization in Mary Shelley's *Lodore*', *Studies in the Novel* 39 no. 4（2007）: 397–415.
Susan Wolfson, 'Mary Shelley, Editor', in *The Cambridge Companion*.

〔この「読書案内」に挙げられている以外で，本書中で触れられた主な文献の既訳書〕

ヨハン・ルドルフ・ウイス〔ウィース〕／清水暉吉訳『家族ロビンソン』（東京朝日新聞社，1940年）.
ジェイン・オースティン／新井潤美・宮丸裕二訳『マンスフィールド・パーク』上・下（岩波文庫，2021年）.
サミュエル・テイラー・コウルリッジ「クリスタベル」，『クーブラ・カーン』，

『老水夫の歌』，野村孝司訳『コウルリッジ全詩集』（晃学出版，2012年所収）．

ウィリアム・ゴドウィン／岡照雄訳『ケイレブ・ウィリアムズ』（白水社，2016年）．

パーシー・シェリィ／山口鐵雄訳『イスラムの叛乱』（文理，1972年）．

パーシー・シェリー／アルヴィ宮本なほ子訳「『プロメテウス解縛』より」同編『対訳 シェリー詩集』（岩波文庫，2013年）．

ブラム・ストーカー／新妻昭彦，丹治愛訳・注釈『ドラキュラ』完訳詳注版（水声社，2000年）．

ウォルター・スコット／佐藤猛郎訳「湖上の美人」（あるば書房，2002年）．

エドマンド・スペンサー／福田昇八訳『妖精の女王：韻文訳』上・下（九州大学出版会，2016年）．

エドマンド・バーク／大河内昌訳『崇高と美の起源』（平凡社ライブラリー，2024年）．

デイヴィッド・ヒューム／田中敏弘訳『道徳・政治論集［完訳版］』（名古屋大学出版会，2011年）．

プラトン／山本巍訳・解説『饗宴：訳と詳解』（東京大学出版会，2016年）．

ジョン・ポリドリ／今本渉訳『吸血鬼』須永朝彦編『吸血鬼』（国書刊行会，1998年所収）．

チャールズ・ロバート・マチューリン／富山太佳夫訳『放浪者メルモス』新装版（国書刊行会，2012年）．

ジョン・ミルトン／平井正穂訳『失楽園』上・下（岩波書店，1981年）．

リチャード・ライト／上岡伸雄訳『ネイティヴ・サン：アメリカの息子』（新潮文庫，2023年）．

アン・ラドクリフ／三馬志伸訳『ユドルフォ城の怪奇』上・下（作品社，2021年）．

チャールズ＆メアリ・ラム／西川正身訳註『レスター先生の学校』（研究社出版，1956年）．

マシュー・グレゴリー・ルイス／井上一夫訳『マンク』新装版（国書刊行会，1995年）．

図版一覧

1. William Godwin’s diary entry（ウィリアム・ゴドウィンの日記の内容）
Photo: © Bodleian Libraries, University of Oxford
2. Mary Wollstonecraft by John Opie（1797）（メアリ・ウルストンクラフト，ジョン・オピー作［1797 年］）
IanDagnall Computing/Alamy Stock Photo
3. ‘The epitaph on my mother’s tomb’, *Mrs Leicester’s School*, published by William Godwin（「母の墓の墓碑銘が私の入門書であり，また綴り字教本でもあり，私はそうして読むことを覚えたのだ」，『レスター夫人の学校』から，ウィリアム・ゴドウィンにより出版された）
Baldwin Library of Historical Children’s Literature, University of Florida
4. The Villa Diodati（ディオダティ荘）
Courtesy of the John Murray Collection, The British Library
5. Draft page of *Frankenstein* in Mary Shelley’s hand（メアリー・シェリー直筆の『フランケンシュタイン』草稿ページ）
Photo: © Bodleian Libraries, University of Oxford
6. William Shelley, aged 3（1819）by Amelia Curran（ウィリアム・シェリー，3 歳［1819 年］），アメリア・カラン作）
From The New York Public Library
https://digitalcollections.nypl.org/items/74bc296b-3cab-103b-e040-e00a18062a65
7. The Casa Magni（カーサ・マーニ）
Colin Waters/Alamy Stock Photo
8. Mary Shelley by Richard Rothwell（1839）（メアリ・シェリー，リチャード・ロスウェル作［1839 年］）
© National Portrait Gallery, London
9. Percy and Mary Shelley’s locks of hair（パーシーとメアリ・シェリーの髪の房）
© Bodleian Libraries, University of Oxford
10. Idealized portrait of Mary Shelley as a young widow（若い未亡人として理想化されたメアリ・シェリーの肖像画）
Photo: © Bodleian Libraries, University of Oxford

訳　注

1. 『キャビネット百科事典』は一般読者を対象としていたが，ターゲット層としては大衆というより，中流階級を想定していた。価格も一冊が6シリングと高価で，貧困層には手がとどかなかった。このシリーズは，アーツ（芸術や技術といった「科学」に含まれないもの）と製造業，伝記，歴史，博物史，科学という「キャビネット」（項目）に分かれていた。Greg Kucich, “Mary Shelley's Lives and the Reengendering of History,” in Betty T. Bennett and Stuart Curran, *Mary Shelley in Her Times*（Baltimore: Johns Hopkins Press, 2000), p. 235.
2. スイスのヨハン・ダビット・ウィースによる児童文学作品。
3. ハイランダー（Highlander＝高地人）は，スコットランド北部のハイランド地方の住民で，18世紀のジャコバイト蜂起の最大の支持基盤はハイランド地方であった。
4. 袋（bag）と管（pipe）を合体させた楽器で，スコットランドでも広く演奏されている。
5. スコットランド高地の各氏族の格子柄の毛織物。
6. コウルリッジの『老水夫の歌』には「死中の生」と呼ばれる超自然的な存在が第三部に幽霊船に搭乗して現れる。欄外解説には，この死に神の伴侶が船員の命をかけてサイコロを振ると書かれていて，その後，主人公の老水夫以外の船員が絶命している。
7. ジョン・ミルトン／平井正穂訳『失楽園』下（岩波書店，1981年），196頁。
8. デイヴィッド・ヒューム／田中敏弘訳『道徳・政治論集［完訳版］』（名古屋大学出版会，2011年），「第I部 9 グレイト・ブリテンの党派について」。
9. メアリ・シェリーによる「兄と妹」は，『キープセイク』に発表された短編小説。ロレンツォ・マンチーニと彼の妹フローラの物語。兄妹は，亡き父の宿敵でもある若きファビアン伯爵と遭遇し，ロレンツォは5年間追放される。たまたま彼女の滞在している場所の近くでファビアン伯爵が落馬し，大怪我をした彼を見つけたフローラは介抱する。そして，ファビアン伯爵は美しく成長したフローラにしだいに魅了されていく。彼の愛の告白，フローラの葛藤などが描かれる。物語の最後には兄妹が再会するという結末を迎えている。
10. 「変身」は，「兄と妹」と同じように『キープセイク』に収められた物語で，コウルリッジの超自然的な体験が語られている『老水夫の歌』からの抜粋が

エピグラフになっている。主人公のジェノヴァ生まれのグイドは浪費癖のために婚約者のジュリエットと結婚できず，さらに悪いことに，その町から追放されてしまう。海岸沿いで出会った醜い小人と取引をして，体を入れ替えるが，その小人がグイドの体のままジュリエットと結婚しようとしていることを知り，彼に襲いかかる。二人は刺し違え，グイドは自分の体を取り戻し，無事にジュリエットと結ばれる。

11. パーキン・ウォーベックは，身分の低い人物なのだが，リチャードⅢ世に殺害されたはずの王子ヨーク公リチャードを偽っている。その後ウォーベックは少数の軍隊に支えられてイングランドに何度か上陸したが，王の部下からの激しい抵抗に遭い降伏している。

12. ジョン・マレー（John Murray）は当時影響力の大きなイギリスの出版社のひとつ。19世紀にはバイロン卿らの文芸書やチャールズ・ダーウィンの『種の起源』など重要な書籍を多く出版した。

訳者略歴

小川公代（おがわ・きみよ）
一九七二年生まれ。ケンブリッジ大学政治社会学部卒、大阪大学文学部修士課程修了、グラスゴー大学文学部博士課程修了（Ph.D）。現在、上智大学外国語学部英語学科教授。専門は、ロマン主義文学および医学史。主な著書に、『ゴシックと身体――想像力と解放の英文学』（松柏社、二〇二四年）、『世界文学をケアで読み解く』（朝日新聞出版、二〇二三年）、『ケアの倫理とエンパワメント』（講談社、二〇二一年）、訳書に、C・ジョーンズ著『エアスイミング』（幻戯書房、二〇一八年）、S・L・ギルマン著『肥満男子の身体表象――アウグスティヌスからベーブ・ルースまで』（共訳、法政大学出版局、二〇二〇年）など多数ある。

メアリ・シェリー
『フランケンシュタイン』から〈共感の共同体〉へ

二〇二四年一二月五日　第一刷発行
二〇二五年一月一〇日　第二刷発行

著者　シャーロット・ゴードン
訳者 ©　小川公代
編集　勝康裕
発行者　岩堀雅己
印刷所　株式会社理想社
発行所　株式会社白水社

東京都千代田区神田小川町三の二四
電話　営業部〇三（三二九一）七八一一
　　　編集部〇三（三二九一）七八二一
振替　〇〇一九〇・五・三三二二八
郵便番号　一〇一・〇〇五二
www.hakusuisha.co.jp
乱丁・落丁本は、送料小社負担にてお取り替えいたします。

加瀬製本

ISBN978-4-560-09144-9
Printed in Japan